2
～暗殺貴族が奴隷令嬢を育成したら、
魔術殺しの究極魔剣士に育ってしまったんだが～
JN035176
絶対魔剣の双戦舞曲
デュエリスト
Duelists with
The Absolute
Anti-magic
Swords

ジン・
ガランド
凄腕の"暗殺貴族"。今巻では腕を見込まれ、皇太子の護衛役を任されることに。
ミラベル
赤髪が特徴の少女。芯が強く、明るくて人懐っこい性格。ミラベル・アルタモンドというのが表向きの名だが……!?
リネット
ジンを慕う"奴隷令嬢"。ジンの教導を受け、剣士としても人間としても成長していく。

クリフォード
皇国の皇太子で、
現在の第一位皇
位継承者。女好き
でクセのある人物。
デイヴィッド
皇国の第二皇太
子。誰からも可
愛がられる無垢
で優しい性格。

「……え？
ガランド侯……!?」
次の瞬間——相手もジンの存在にようやく
気づいたらしく、驚きの声を上げる。

絶対魔剣の双戦舞曲（デュエリスト）2

～暗殺貴族が奴隷令嬢を育成したら、魔術殺しの究極魔剣士に育ってしまったんだが～

榊　一郎

HJ文庫
1029

口絵・本文イラスト　朝日川日和

Contents

Duelists with The Absolute Anti-magic Swords

第1章　暗殺未遂

きりきりきり……微かに響く耳障りな音。

金属の『骨格』と動作変換器の『筋肉』を備えた人形達が一斉に身構える。

人形に目鼻は無い。それどころか、四肢と頭部と胴体が在るだけの――大雑把に人体と分かるだけの造形しか無く、男女の別は表現されておらず、手にも足にも指が無い。画家が人体を描く際に参考にする素体人形を、そのまま等身大にしたかの様な代物だった。

それらが十体も――糸に吊られるでも棒に支えられるでもなく、自ら足を動かし迫ってくる様は、ひどく不気味だった。

場所は、舞踏会でも出来そうな程の広間。

ただし壁に窓は無く、内装に装飾性は皆無だ。六枚の平面で周囲から区切られたというだけの場所。換気の為の小さな穴は天井近くに開けられている様だが、中に居るだけで息が詰まりそうな場所だった。

「…………」

人形に対するのは六人の少女。

前に二人、後ろに四人、いずれも揃いの制服姿で、胸元に備わる飾布の色や長さまで同じである事から、彼女等が同じ学校の同じ学年に所属している事が分かる。

少女達の手には、それぞれ二本の武器が握られていた。

右手の一本は長めの『魔導機杖剣』。

左手の一本は短めの『破魔剣』。

ただ双剣と言うには、造りも刃渡りも明らかに異なる二種の武器。

彼女等はいずれも真剣そのものの表情で……得物の存在を確かめるかの様に、何度も指を緩めては剣を握り直している。

「………」

彼女等を、人形達は包囲し、壁際に追い詰めるかの様に迫っていく。

まるで時計の針が動くかの様に、かくん、かくん、とその動きはどこか断続的で、滑稽ですらあり、見た目では速いのか遅いのかも判り辛い。

強いのか弱いのかすら、一見しては分からない。

だから少女達の側からは仕掛け難いのだ。

迂闊に打って出れば強烈な迎撃を喰らう事になるかもしれない。初見の相手である事に加え、そもそも人間ですらない――相手の動きからその強さを推（お）し量（はか）る事すら出来ないのだ。

「――埒（らち）があかない」

と呟（つぶや）く様に言って一歩前に出たのは前列左側の少女だった。

ふわりと揺（ゆ）れる白金の長い髪（かみ）に加え、紫（むらさき）の瞳（ひとみ）に理智（りち）と気迫（きはく）を湛（たた）えたその姿は、実に美しく、そして凛々（りり）しい。

ルーシャ・ミニエン――ウェブリン女学院院長の孫娘（まごむすめ）にしてミニエン公爵（こうしゃく）家令嬢（れいじょう）。

素性（すじょう）そのままの、気品ある顔立ちと仕草が目立つ少女である。

「リネット」

「――うん」

ルーシャは前列右側の少女に声を掛（か）ける。

リネット・ガランド。

こちらも長く癖（くせ）の無い金髪（きんぱつ）に、円（つぶ）らな碧（あお）の瞳を備えた、愛らしい少女である。ただしルーシャと並んで立つと、やや地味に見えるのは……容姿の差というより、その物腰（ものごし）に、積極的に周囲へ訴（うった）える様な、艶（あで）やかさを欠くからか。清楚可憐（せいそかれん）という言葉がよく似合う少女だが、だからこそ髪に着けた赤と黒の布飾り（リボン）がよく映（は）えていた。

「後列の皆さんは、側面を警戒しつつ待機」

「は、はい！」

と後列の四人が慌て気味に応じる。

彼女等に比べるとリネットの反応は――自然だ。

躊躇も逡巡も無く一歩前に出てルーシャに並ぶ。

「私達が――埒をあけます」

その言葉と同時に、ルーシャとリネットは更に踏み出していた。

一歩。二歩。三歩。真っ直ぐに歩いてはいるのだが、単に距離を詰めているのではなく、何処か踊っているかの様な風情のある、足運び――更に五歩ばかり進んで、そこから不意に二人は動きを変えた。

「――ッ！」

たん！　と強い踏み込みの足音が響くと同時に、鋭い呼気を吐きながらリネットとルーシャが左右に跳ぶ。眼も無い癖に何をどう見たのか、人形達は揃ってリネットとルーシャの姿を追う様に顔を動かした――が。

「叩け・〈爆槌〉っ！」

「奔れ・〈雷槍〉っ！」

ほぼ同時に振り降ろされる二本の魔導機杖剣。

だがどちらも刃が人形に届く間合いではない。

その空隙を埋めるかの様に、陽炎の様な『揺らぎ』をまとった剣身から、攻撃魔術が放たれたのは次の瞬間だった。

目標はただ二体、爆轟と雷閃が左右から人形に押し寄せたかと思うと、それらを弾き飛ばし、更には焼く。

人形二体は為す術も無く空中で激突し、絡み合う様にして落下――床で跳ねた。

人間であれば火傷と打撲と、場合によっては骨折や内臓破裂で、間違いなく重傷、行動不能に陥っているだろう。だがそこは血もなければ肉もない作り物――まるで発条仕掛けの如く、痛がる事も苦しむ事も無く即座に起き上がってくる。

だが、そこに――

「――突撃！　包囲をこじ開けます！」

「やあああっ！」

待機していた後列の四人が飛びだしてくる。

彼女等は魔導機剣を掲げ――はしたが、魔術を放ちはしない。リネットとルーシャが攻撃した二体に対し、左手の破魔剣の方を前面に押し出す様にして襲い掛かっていた。

勿論、少女達の膂力では、金属骨格を備えた人形を一撃で両断など出来る筈も無いが……先の二体は、リネットとルーシャの攻撃で、その外装の一部が剥がれ落ちている。

後列の四人が狙ったのはそこだった。

一体につき二人ずつ、人形が殴り掛かってくるのを魔導機杖剣で弾き、破魔剣を突き出して破損箇所を狙う。

「やった！」

歓声を上げる少女達――彼女等に破魔剣を突き込まれた人形は、いずれも、かくん、と糸が切れたかの様に力無く項垂れて動きを止めていた。

破魔剣――とは、読んで字の如く魔術を破る。

ならば魔術で駆動し魔術で操られている人形に斬り付ける事で、これを無力化する事も出来るのが道理。勿論、魔術を再起動すれば人形達は再び復帰するが――少女達はこの隙に攻撃魔術で対象を完全破壊するつもりだった。

リネットとルーシャは元より、残る四人もそれぞれ歩法で魔術を編み上げていく。

一歩。二歩。三歩。

練り上げ、意味と方向性を与えられた魔力を、最終的に剣の振りを以て術と成し顕す――魔剣術。少女達は自分の中の魔力を事象転換する為に、大きく息を吸って――だが次の瞬間。

「――吼えよ・〈轟獣〉」

呪文詠唱と同時に耳を聾するかの如き爆音が少女達を襲う。

それは単にうるさいだけではなく、耳にした者の平衡感覚すら一時的に壊す程の衝撃だった。しかも強烈な衝撃波は、浴びた者の視界すら――柔らかな眼球そのものを歪ませる。

人形に向けて剣を振り降ろそうとしていた少女達は一斉に足をもつれさせて、姿勢を大きく崩す。当然――彼女等が歩法で組み上げていた魔術は破綻。魔力は現実事象に転換される事無く霧散していた。

「うっ……」

リネットとルーシャは何とか膝をつく程度で堪えたが……残りの四人は無様にその場に転んでしまっている。

そして――

「はい。ざっとこんな感じなのです」

と――場にそぐわぬのんびりした声が告げた。

人形の後方――先程、少女達が背にしていたものとは反対側の壁。

そこに、己の身の丈よりも長く大きな魔導機杖を片手に、一人の若い娘が立っていた。

少女達とそう年齢（ねんれい）は変わらない様にも見えるが、こちらは制服を着ていない。小柄（こがら）な体躯（たいく）に纏（まと）っているのは家政婦の仕事着で……出先だというのに、白い前掛け（エプロン）や髪留め（ヘッドドレス）もそのままだ。

亜麻色（あまいろ）の髪をくくってまとめ、円らな琥珀色（こはくいろ）の双眸（そうぼう）の上に、眼鏡を掛けている。栗鼠（りす）や兎（うさぎ）といった小動物を思わせる、可愛（かわい）らしい印象の容姿なのだが……だからこそ軍用規格の大型魔導機杖（ロングガンド）を手にしているその姿は、どこかちぐはぐだった。

ユリシア・スミス。

恰好（かっこう）の通り、本来はガランド侯爵（こうしゃく）家に仕える家政婦である。

だが今日の彼女は、故在（ゆえあ）って少女達が通うウェブリン女学院へと来ていた。

彼女の持つ魔導機杖は細い紐状（ひもじょう）の導線（ケーブル）で、十体の人形と繋（つな）がっている。

要するに人形達はユリシアが操っていたのであり、最後のあの『音』の攻撃魔術を放ったのもまた彼女である。

肩書（かたが）きとしては家政婦のユリシアだが、彼女は魔術と魔導機関に非常に高い水準で通じており、それらの専門家と比べても遜色（そんしょく）の無い知識と技術を持ち合わせている。

魔術士殺しの魔剣遣（まけんつか）い達にとっては理想的な模擬戦（スパーリング）相手だろう。

「ううっ……」

とリネットらは、未だひどく酔っているかの様に足下が覚束ない。

音とは空気の振動であるが、一定の周波数で放たれるそれは、皮膚を、肉を、そして骨を浸透し、髄液の中に浮かんでいる脳を揺さぶる。

盾でも鎧でも、これを防ぐのは困難だ。単純な破壊力という意味では、大したものではないが、こと対人用となると――下手な火炎や雷撃よりも効果が大きい。勿論、ユリシアはリネット等を殺すつもりも傷付けるつもりもないので、威力は低く抑えられてはいたが。

そして――

「お疲れ」

そう言ってジン・ガランド侯爵はリネットらに歩み寄った。

黒髪と黒瞳を備えた、長身痩躯の青年である。端整な顔立ちだが、何処か『陰』の様なものがしばしばその表情を過ぎるせいで、若干、老けて見える事も多い。

彼は――貴族であると同時に、少女達の『師』でもあった。

「ジン先生……」

リネットと二人してお互いを支え合いながら立ち上がるルーシャ。

彼女は――若干、恨みがましい目でジンを見て言った。

「今のは――さすがに、その、卑怯というか」

「……卑怯とは？」

とジンは首を傾げてみせる。

ただしその顔には朗らかな――生徒達に人気の『ジン先生』としての笑みが浮かんだままだ。そこにルーシャの言葉を訝しむ様子は無い。

「そちらの家政婦さんが攻撃してくるなんて――私達の相手は人形だと」

「まさにそこです。私は君達の相手は人形だけだ、などと言った覚えは無いですよ。それに人形も魔導機関の一部……ならば最初から戦っていたのは、ユリシアだとも言える訳です」

「…………」

リネットとルーシャは顔を見合わせる。

「魔剣術――とまあ、敢えて言いますが――コレは、正統な魔術の使い方ではありません。いわば邪道です。普通に魔術が使えるなら、そっちの方が現在のこの世界では正道」

彼女等に杖ではなく剣で――呪文詠唱ではなく歩法によって魔術を行使する方法、即ち魔剣術を教えたのは、彼だ。

魔導機杖さえ在れば、誰もが呪文を唱え魔術を簡単に扱える時代。

魔術が在る事を前提として、社会そのものが成り立っている時代。

軍事から日常生活の諸々まで、ありとあらゆる場面に魔術は当然の様に用いられており、常に親の庇護下にある幼児以外は、誰もが魔導機杖を所持して暮らしている。掃除にも料理にも魔術は使われるし、外出する際には財布と携帯用の魔導機杖は必須と言って良い。

だからこそ、魔導機杖を用いても魔術が使う事が出来ない、ごくごく一部の者達は『無能』と誹られる事になる。出来て当然のことが出来ないという意味でだ。

「…………」

ほんのわずかだがリネットが眼を伏せる。

彼女はその『無能』と誹られた者の一人だ。

この時代に在って、この魔剣術という技法は、ジンが言う通りむしろ『邪道』の一種だ。

だが――正道を真っ当に歩めない者には、その『邪道』こそが救いとなる事も有り得る。

そして邪道も極めれば、邪道であるが故にこそ正道を凌駕する部分を獲得する事も。

「魔剣術は邪道――邪道故に相手の隙を突ける。相手の苦手とする事がむしろ得意。それは相手を騙せるという事、相手の考えの外側から奇襲を仕掛けられるという事です」

わずかに腰を屈めて、転んだ少女達に手を差し伸べるジン。

「けれどもその事に慣れてしまうと、忘れてしまう」

驚いた様に眼を瞬かせ、しかしすぐに彼女等はジンの手に縋って立ち上がった。いずれもほんのわずかだが頬を赤らめているのは、普段、若い男性と触れあう機会の少ない女学院の生徒であるからか。

「なにをですか？」

その様子を見ながら——何故か少し不機嫌そうに眉を顰めて尋ねるルーシャ。ちなみにリネットもその隣で、不機嫌というか、その可愛らしい顔を顰め気味だったが——

「自分が騙される側になるかもしれないという事を」

ジンは教え子二人の表情など素知らぬ様子で、笑みを浮かべた。

「自分が騙されるかもしれないと思っているからこそ、自分ならどんな時にどんな風に騙されるのかと警戒する。その警戒が、経験となって、相手を騙す際の手数になる」

四人を立たせるとジンは次にリネット、そしてルーシャに歩み寄る。

「常に考えなさい。常に考え続けなさい。さもないと、『慣れ』で考える事を止めてしまう。手癖でお手軽に相手の隙を突けると思ってしまう。そうなると逆に自分に隙が出来る。手癖を逆手にとられてしまう。それではまずい」

「ジン先生——」

とリネットとルーシャは、束の間、呆然と眼の前に立つジンを見つめていたが。

「——〈閃炎〉っ!!」

「――〈雷鞭〉っ‼」

次の瞬間、二人はそれぞれ一回転――左右から挟み込む様にジンに向けて魔導機剣を振っていた。それぞれの魔導機剣の宝珠に光が宿り、剣身が陽炎の様な揺らぎをまとう。

火炎と雷霆。

それらは剣身に纏わり付き、ジンに向けて、かわしようのない至近距離から――

「うん。惜しい」

命中する直前、ジンは片手で自分の剣を――〈影斬〉と呼ばれる黒い片刃剣を、鞘の部分を掴んで斜めに掲げ、左右から来た斬撃を平然と受けていた。

鋼と鋼が打ち合い、火花が散る。

だが――それだけだ。リネットとルーシャの魔術は不発に終わっていた。

ジンの〈影斬〉もまた破魔剣……というより、少女達の持つ破魔剣は全てジンの〈影斬〉を手本に造られたものだ。文字通りそれは、魔術を破り殺す。

「さすがに眼の前で歩法を見せられれば気付かない訳にはいかない」

少女達は――魔剣術の使い手は、身体運用で術式を組み上げて魔力を練り上げる。

腕の一振り、足の一踏み、果ては瞬き一つ、息継ぎ一つ、その全てに意味を持たせて、繋ぎ、組み、一瞬で魔術を発動させる。

通常の魔術と異なり、魔剣術においては、魔導機杖を使う必要も、長々と唱える必要も無い代わりに、必ず魔術の発動に一定の動作を必要とする。

リネットとルーシャが単にジンに向けて剣を振るのではなく、先に一回転したのは、この為だ。

「ううっ……ごめんなさい……」

「いけると思ったのですが……」

とリネットとルーシャは項垂れるが、ジンの顔には失望の色も無ければ怒り(いか)の色も無い。

彼は仮面の如く安定した——微塵(みじん)も揺らぐ事の無い笑みを浮かべて言った。

「いや。今の奇襲は良かったですよ。確かに誰も『模擬戦、終了(しゅうりょう)』とは言っていない。迂闊に近寄って奇襲を喰らったら、それは、喰らった方が悪い訳です」

「で、でもジン先生——」

四人の女生徒の一人が片手を挙げて言った。

「不意打ちは卑怯って言われたりしませんか？」

「ええ。卑怯だと誹る者は居るでしょうね」

その問いを待っていました、と言わんばかりにジンは大きく頷(うなず)いた。

「ですが忘れないように。状況(じょうきょう)を考えず、戦術、戦法を選択(せんたく)する手間もかけず、『いつもそうしていたから』と馬鹿正直に突っ込むのは、単なる怠惰です」

ジンは少女達の眼を――特にリネットのその碧い瞳を覗き込みながらそう言った。

「戦う術というものは、自分の命を、あるいは大事な何かを守る為に用いられるのです。だから、そうした結果を得られる為に創意工夫する事に、卑怯もへったくれも無い」

「…………」

「初志を忘れてはいけない。過程は何でもいいんです。自分の満足もどうでもいい。手段は目的の為にある。逆ではない」

「ジン先生――」

と四人の女生徒達は呆然とジンを見つめる。

「あのっ…………」

とリネットが片手を挙げて、ジンの言葉に言い添える。

「私達は、ジン先生の仰る様に……今の世の中にあっては、『邪道』ですから……」

リネット、ルーシャや他の四人――この少女達は、この誰もが魔術を使えて当然の時代に、魔術そのものを苦手とする者である。彼女等は魔術の存在があるが故に『劣等生』の烙印を押された経験を持つ。

ルーシャの様に自らの努力で――魔術そのものではなく、周辺技術の向上その他によって、周囲からの心無い評価をはね除けてきた者も居ないではないが、誰もがそこまで出来る訳ではない。

だからこそ──彼女等は魔剣術を学ぶ事に決めたのだ。

「正統の人達に何か言われたとしても……何か言われるかもなんて事を、気にしない方が良いと思います」

「………リネット。言うようになったわね」

ルーシャが苦笑を浮かべる。

「え？　そ、そうかな？」

と途端に慌て気味に眼を白黒させているところを見ると、リネット自身には自覚が無いらしい。

「いや。ありがとう、リネット。素晴らしい」

と──ジンは少々大袈裟に、手を叩いて見せながら言った。

「彼女の言う通り──卑怯だ、邪道だと言う者が居るなら、言わせておけば良いのですよ。別に彼等は間違った事を言ってはいないでしょうが、こちらがそれに付き合う必要はありません。それがどうにも我慢ならないというのなら」

ジンは何かに思いを馳せるかの様に眼を閉じて──

「…………」

それから壁際で黙ってジン達のやりとりを見ていたユリシアの方を一瞥する。家政婦の娘は、薄らとだが苦笑を浮かべていた。

「卑怯だという者が、邪道だと言う者が居なくなるまで、私達は勝ち続ければ良い。鎧だって盾だって、己の爪と牙だけで戦っていた獣からすれば卑怯で邪道ですよ」

そう言ってジンは、少女達に肩を竦めてみせた。

●

ジン・ガランド侯爵。

彼はヴァルデマル皇国貴族という表の顔の他に、暗殺者という裏の顔を持つ。

いや。彼がというよりガランド侯爵家がと言うべきか。

かつて〈魔王〉と呼ばれた悪逆非道な大魔術師を討伐した『異界の勇者』……ガランド侯爵家は彼を始祖としており、その子孫達は皆、ある種の特性を備えている。

それは魔術が使えないという事。

魔力は備わっていても、それを術として編んで、己の外部に出す事が出来ない。魔術を行使する為の術式は、『異界の勇者』の血を引く者が触れた途端に崩壊してしまうからだ。

これは〈勇者〉が魔術の存在しない世界から来たからではないかと言われているが、理由は定かではない。いずれにせよ、その厄介な特性は優性遺伝で子孫に受け継がれ、『異界の勇者』の末裔は代々魔術を使えないまま、時は流れた。

やがて……魔術は魔導機関の発達により簡単な訓練で誰にでも扱えるものになった。工業技術の発達により魔導機杖が大量生産され、庶民でも手に入れ易くなった結果だ。

魔術万能と呼ばれる時代の到来である。

誰も彼もが魔導機杖と呼ばれる携帯型の小型魔導機関を持ち歩き、日常生活でも当たり前の様に魔術が使われる。魔術は読み書きにも等しい基礎中の基礎技能として認知され、国家が、社会が、それを前提に成り立つようになる。

そんな時代において『異界の勇者』に連なるガランド侯爵家の者達は、当然ながら、ひどく難儀する事となった。

普通の生き方が出来ない。

公務すら魔術を使える者の補佐が必要になる。身分証明にすら魔術を使う時代、如何に貴族の肩書きを持っていたとしても、それでは職責を果たす事すら難しい。

挙げ句、何か病気になっても、怪我を負っても、魔術を前提とした医療技術の恩恵を受ける事が出来ない。ジンの父親などはこのせいで早逝してしまった程だ。

だが……だからこそガランド侯爵家は、ある方面から強く求められる事になった。

暗殺である。

そもそも『異界の勇者』による〈魔王〉討伐も、言ってみれば暗殺だ。

軍事にも治安維持にも——更には個人の身辺警護にも当然の様に魔術が用いられるこの時代、『異界の勇者』の末裔には、通常の警護体制など全く意味が無い。

魔術による探知を回避し、魔術による防壁を突破し、魔術による攻撃を無効化する。実体無き影の様に標的の傍らに忍び寄り、これを討つ事が可能なのだ。

魔術殺しの〈影斬〉。それがジン・ガランドの裏の世界での通り名だ。

彼は——彼の父が、祖父が、そうであったように暗殺者として身を立ててきた。逆に言えばそれ以外の生き方を、世間が彼に許さなかったのだとも言える。

そして——ある日。

ジンは暗殺者の仕事で訪れたとある奴隷商人の屋敷で、一人の少女と出会う事になる。

リネット・ホーグ。

彼女はジンと同じ魔術が扱えない『無能』であるが故に、養親に見放され、奴隷商人に売られた。そこで彼女は更に何処かの『研究機関』に売られ、実験動物として扱われていた様だが、詳細は分かっていない。

気の毒な話だが、それだけならば――ジンは殊更に彼女を手元に置いたりはしなかっただろう。

リネットは『手掛かり』だった。

彼女を『弄くり回した』らしいその正体不明の『研究機関』は、長らく行方不明になっているジンの姉のミオと関係しているらしいのだ。

その事を知ったジンは、姉の行方を確かめる為にリネットを『餌』とする事を決めた。

件の『研究機関』を――そしてその背後に居るであろう筈の者を引きずり出す為にリネットを利用するのだ。

だが……単にリネットを手元に置いておくだけでは意味が無い。

『餌』がそこに在るのだと獲物が気付いてくれなければ駄目だ。

だからこそ、ジンは自分と同じく『無能』のリネットに、『秘策』を伝授する事になる。

魔術を使えない者が魔術を使えるようになる裏技。

効率と利便性の陰で失われて顧みられる事の無かった可能性。

それが――魔剣術だった。

「――大体どうして私までウェブリン女学院に駆り出されているですか」

眼鏡越しに恨みがましくジンを睨みながら、ユリシアは言った。

口調はいつもの彼女と何ら変わらず、しかしその眼は間断なく周囲を走査するかの様に視線を走らせ、両手は軍用規格の大型魔導機杖を操作し続けている。

今――魔導機杖には二体の人形が繋がっているが、先程と異なり、人形は共に槍を携えている。間合いが広く、扱い易く、かつて戦場では定番の白兵戦用武器だった。

かつて――というのは、現在の戦場において白兵戦は既に廃れているからである。一定の距離を置いての魔術の撃ち合いが基本となった昨今、白兵戦は万が一の場合に発生する特殊な戦闘でしかなく、魔導機杖や各種術式符、補修部品を持ち歩かねばならない現代の兵士達に、槍の様な重くかさばる武器を持ち歩く余裕は無い。

だからこそ、杖に短剣を取り付けて槍の様に使う杖剣術が編み出された訳だが――これすらも、実際の戦場での出番は少ない。

だが……これは軍隊と軍隊がぶつかり合う戦場での話だ。

「魔剣術の模範を示すのに、相手が要るだろう」

残像の尾を引く様な速度で左右から突っかかってきた人形の槍を、かわしながら――まるで散歩の途中で知り合いと世間話でもするかの様な口調でジンが答える。

そう。ジンとユリシアは通常の武術で言う所の演舞の――弟子であるリネット等に見せる為の模擬戦、その真っ最中だ。

「お給料の支払いが滞っているというのに、追加業務など――」

「給料は一昨日払っただろう?」

「それは先々月の分で先月の分は未だなのですが?」

ジンとユリシアの会話の合間に響く金属音は――人形自身の関節が立てる異音である。先程、少女達と戦っていた時とは違い、関節部に過剰な負荷が掛かっているせいで、金属骨格が擦れ合っているのだ。

人形の動きがそもそも十体の時と違う。

二体は恐ろしく滑らかに――まるで生きているかの様に動いて槍を繰り出していく。これは人形を操っているのがユリシアの魔術であり――細かく柔軟な動きを制御するのは二体が限界という事だ。

「というか若様、先生としてのお給金も支払われているのでしょう? 魔剣術学科の学科長という扱いでしょうから、それなりの額が」

「それはそうだが」

以前のジンは杖剣術という科目一つを任されていた試験採用の教師だった訳だが……半年前の事件での活躍（かつやく）を見込（みこ）まれて、今では正式採用の教師であり、新設の魔剣術学科の学科長という立場になっている。

もっとも聞き慣れない新設の学科に、在学中の生徒がそうそう移籍（いせき）してくる事も無く、リネットら六人以外、殆（ほとん）どの生徒が他学科に所属しながら、並行して魔剣術学科にも顔を出す、という体制になっている。

「だったらどうして支払いが滞るですか。以前より懐（ふところ）は温かいのでは？」

「扶養（ふよう）家族が一人増えた分、何かと、ものいりなんだよ！」

と言うジンの背後でその『扶養家族』ことリネットが身を小さくして恐れ入っている。

ともあれ――

「大体、単に若様が『対魔術士戦』のお手本を示すだけなら、ウェブリン女学院には他に何人も先生がおられるでしょう？　お相手を頼（たの）めば良いのです」

「いや……それが全部断られてな」

破魔剣〈影断〉で槍を弾きながらジンは言う。

会話の内容からは緊迫（きんぱく）感がまるでないのだが、その実、ジンと人形はめまぐるしい速度で攻撃と防御を繰り返している。

女生徒達はただただ呆然とその様子を見守るのみだ。

正直――ジンと人形の動きの全てを眼で追えているかどうかすら怪しい。だがジンのこの『演舞』の目的は、彼女等の目をこの種の『速さ』に慣れさせる事だった。

魔剣術の、魔術に対して最も大きな利点は、その『速さ』だ。

別の言い方をすれば即応性である。だからこそ相手の動きを読んで、その一歩先、二歩先を行く為に、感覚の『加速』が必要になってくる――

「半年前のあの一件で、妙な噂が出回ってな」

「スカラザルンの魔獣実験部隊の一件ですか？」

「そうだ。あの時、魔獣やスカラザルン兵を、魔術を一切使わずに剣で斬り殺したもんで、俺は刃物で生き物を切り刻むのが好きな変態だという噂がな……」

勿論、生徒を含め多くの学院関係者を救った英雄として彼の事を扱う者の方が多いのだが、その一方で、学院の教師としては新参のジンが、まるで半年前の事件以来、ウェブリン女学院の『顔』の様な扱いを受けている事を、心良く思っていない者も内外に居るようで。

そうした者達が、ジンの良くない噂をせっせと流しているらしい。

「例の、保健教諭もですか？」

「真っ先に断られたよ」

と――やはり緊張で声が強張る事も無ければ、息を乱す事も無く、二人は戦い続けている。ユリシアは勿論、魔導機杖を手にしてその場から動いていないが、両手は忙しげに動き続け、会話の合間には呪文詠唱までしている。

魔術は継続性が無い。大抵の魔術は瞬間的な効果しか発生しない。

それは人形を操る魔術においても同様で、継続的に人形を動かそうと思えば、魔術を連続起動させねばならない。ユリシアはつまり、常人には真似すら出来ない程の速度で魔術を連発しているのである。しかも人形を二体。精密で柔軟な動きを予め術式として組み込んで、魔術を発動させるのだ。

それがどれだけ至難の業か――

「そもそも普通の魔術士相手だとお手本にならないんだよ」

「若様は手加減というものを覚えられた方が良いと思いますです」

ジンが恐るべき剣術の使い手である事はこの場に居る誰もが――弟子である少女達は皆、よく知っているが、彼に仕えているこの家政婦も、見た目に反してとんでもない、達人級の魔術士だという事である。国民総魔術士時代――誰もが魔術を使える現代だからこそ、その限界というものを大抵の人間が肌感覚として理解している。

「………………」

実際、少女達は唖然としてユリシアを見つめていた。

「はあ……まあ分かりました。では考え方を変えるですよ」

と両手だけ別の生き物の様に動かしながらユリシアは言った。

「これを、『御褒美』だと思う事にしますです」

「うん？　御褒美？」

「はい。常日頃、お給金の支払いの悪い若様に対して憤懣やるかたなし、鬱憤が溜まりまくっている私に、『憂さ晴らし』の機会が与えられたのだと。つまり――無礼講」

言ってにんまりとユリシアは笑う。

「という訳で若様。お覚悟」

次の瞬間――人形の動きが変わった。

それまでの『人を真似た』動きから、模倣が抜け落ちる。

槍を手放すや否や、関節の可動限界まで使い切った異様な、人とも獣とも異なる動きで人形二体が跳ねると、更に空中で手を繋ぎ、左右から――まるで一つの鋏の様に蹴りを放つ。

ジンは危なげなく後退して二発の蹴りを避けるものの、着地した人形は一回転。

ユリシアの魔導機杖と人形を繋ぐ導線がうねり、ジンをそれらが造り出した『輪』の中に捉えていた。

「——っ⁉」

咄嗟にジンは、導線に縛られる前に〈影断〉でこれを切断するも——その隙に二体の人形は再び跳ねてジンに襲い掛かっていた。

更にジンは後退しようとして、しかしそこはもう、壁。

人形二体は——

——轟音。

「——えええええっ⁉」

と驚愕の声を上げるのは固唾を呑んでジンとユリシアの死闘——いや模擬戦である筈なのだが——を見守っていたリネットらである。

まさか人形二体が自爆するとは思ってもみなかったのだ。

「ちなみに今の攻撃ですが」

——などと、リネットらの方を向いて平然と解説を始めるユリシア。

「人形は導線を斬られると魔導機杖による制御から離れますです。魔導機杖から動作命令を送れなくなるので、止まらざるを得ない。若様はそう考えられたが故に、導線を斬って――油断されたと思われるです」

彼女の背後では、人形が爆発した際の煙が立ちこめていて、広間の半分を満たしており、ジンの姿は、その煙の中に沈んで見えない。

「しかしながら、先に人形に一定の動作命令を圧縮して送っておけば、導線が断ち切られても、瞬き二つか三つ程度の時間は動き続けるです。動作の為の動力も、人形の体内の薇発条や勢車の中に蓄えておけるですよ」

とユリシアは人差し指を立てて言った。

「爆発はまた別、そちらは万が一の暴走時に備えた安全機構として組み込んであった自爆用火薬を用いたです。魔術の爆発では破魔剣持ちの若様には通用しませんので」

「あ、あの、ユリシア、さん……？　ジン先生は――」

恐る恐るといった様子でリネットが声を掛ける。

「ああ。大丈夫なのです。若様はこの程度で死ぬタマではないのです」

とユリシアは言って。

「なので――念の為にとどめを刺しておくですね」

「ちょっ……!?」

大型魔導機杖を操作して、次の、直接的な攻撃魔術を準備するユリシアに、さすがのリネットらも顔色を変えた――が。

「――あら」

とユリシアが声を漏らす。

煙の中から飛び出してきたジンが、〈影斬〉の先端を彼女に突きつけたからだ。

「お前な……」

呻く様に言うジンの顔は血塗れである。どうやら額を少し切った様だ。頭部は小さく浅い傷でもよく出血する為、軽傷でも凄惨な姿になる事が多いが――

「さすがは若様なのです。咄嗟に防がれましたか」

とユリシアは言うが……ジンは一体、どうやってあの爆発の威力を防いだのか。

リネット達は恐らく気付いていない――ジンの顔は血塗れである訳だが、その一方で彼の白く丈の長い教師衣裳は、全く汚れていない事に。

まるで爆発の威力を何かが、服の上から覆い被さって防いだかの様に。

「一度、お前とはよく話し合う必要があるな」

「奇遇なのです。私もそう思っていたのです」

にっこりと邪気の無い笑顔を見せるユリシア。
幼馴染みの――それこそお互いに物心ついた頃から、家ぐるみの付き合いになっている家政婦の笑みを前に、ジンは長い溜息をついた。

●

「――何やってるんだか」

ジンの額の傷に脱脂綿に含ませた消毒液をつけながら、保健教諭のヴァネッサ・ザウアは呆れた声を出した。

わずかに目尻の下がった翠の瞳、そして緩やかに波打つ銀の長髪を備えた女性である。

何処か気怠げな物腰や、長身痩躯ながらも大きな胸と相まって『成熟した大人の女性』を感じさせる容姿だった。十代の少女達が大半の女学院の中に在っては尚更である。

「ユリシアは俺の手の内をよく知っているからな」

と憮然とした表情でジンは言う。

リネットらを――女学生達を前にしている時とは別人の様な憮然たる面持ちであるが、ジンの場合、こちらが『地』である。

勿論、同居人であるリネットやユリシアはそれを承知しているが、先程はルーシャや他の女生徒達も居た為に、彼は『ジン先生』の仮面を被っていたのだ。

「貴方の『特性』もね」

とヴァネッサは苦笑する。

「人形を使ったんだって？」

「非魔術の爆薬もな」

ジンは溜息をついた。

「というかよく至近距離で爆発を喰らって、この程度で済んだわよね」

「…………」

ヴァネッサの言葉にジンは黙り込む。

（こいつは俺の『奥の手』を知らないからな……）

このヴァネッサ――元々ジンの商売敵の暗殺者である。

今でこそ『魔剣術教師のジン・ガランド先生』と『保健教諭のヴァネッサ・ザウア先生』という立場で一時休戦状態に在るが、案件や現場によっては敵対関係になる可能性もある為、彼女には、ジンは幾つかある『奥の手』を見せていないのだ。

「ひょっとして何か『奥の手』でも在るのかしらね？」

「奥の手といえば――最近、ちと貧血気味でな」

とジンは意識して言葉を選びながら話を逸らした。

「何かこう、血の増える薬とかは無いか？　勿論、肝臓だの何だのの食事療法は試してるが、それに加えて更に、だ」

「貧血？　貴方が？」

「……生徒達に渡してある破魔剣だが、あれは材料の一つに俺の血や毛髪を使う」

「そうなの？　ああ、貴方の『特性』を剣に組み込む為に？」

細かい理屈はさておき――ユリシアに仮説を含めて説明を頼むと半日は延々と終わらない講義を聴かされる事になる――ジンや代々のガランド家の人間は未だに『魔術の存在しない異世界』と繋がっているとかで、その肉体には魔術を解体する特性がある。

それが死後――骸となってもだ。

故に元々の『特性』を更に完璧なものにする為に、先代、先々代ガランド侯爵の遺灰を材料として組み込んだ破魔剣〈影断〉が生み出され、同じ手法で女生徒達の破魔剣も造り出された。

「で……結構な量の血を、何度か抜かれてな。予備を含めて二十本、量産した結果だ」

ちなみに破魔剣の製造はユリシアの担当であり、彼女への給金の支払いが滞っているのは、普段の給料に加えて、彼女が残業代を要求してきたからである訳だが――

「まあ瀉血と思えばいいいんじゃない？」

「あんな伝統療法、今時、施されてたまるか」

かつて医療が発達していなかった時代には、『体調不良は血のよどみのせい』として、『悪い血を抜くと健康になれる』と、血を抜く『治療法』が流行った事がある。

勿論、そんな大雑把な処置で何でもかんでも病が治る筈も無く、今では廃れているが、それでも旧来の治療法というのを好む人間は中々居なくならないもので、瀉血を伝統的な治療法として今尚、行っている人間も居たりする。

「………でも」

ヴァネッサはジンの額に小さめの絆創膏を貼って首を傾げる。

「基礎の魔剣術くらいは、使えるようになったのね、その六人？　たった半年で」

「そうだな」

とジンは頷く。

「若いという事も在るんだろうが……最初に教えたのがリネットだからな。次にルーシャ・ミニエン。この二人が俺の補佐として、俺の話を『翻訳』してくれてるのがでかい」

どうしても身体運用術というものは感覚に依る部分が在る。

だが他人に伝えるとなると、感覚部分を排して理論化――客観化してやらねばならない。

ジンから魔剣術を直に教わったリネットは、元々不器用であるが故の生真面目さで、自分の『変化』を丁寧に言語化して記録しており、それをルーシャに伝える事で、更に『整理』が進んだ。

結果として、ジンの教える曖昧な部分、個人差の大きい部分を、リネットとルーシャが『師範代』として補足して伝える事で、後から入って来た四人についても理解を早める事が出来たのだ。

もっともこれが万能の教導方法かと言われるとそうでもない。

ヴァネッサは六人がたった半年で、と言ったが。

逆に言えば二十人余りの魔剣術習得希望者の中で、何とか半年でモノになりそうなのが、リネットとルーシャを含め六人という事で……これが多いのか少ないのかはジンにも判断がし難い所だった。

「いずれにせよ、大々的に魔剣術科なんてものをぶち上げたんだ。一定の成果を出さない事には、何も進まない」

「進む？　何か女生徒達を魔剣士として鍛える以上の目的が在るの？」

とヴァネッサが聞き咎めてくる。

「…………内緒だ」

椅子から立ち上がって絆創膏部分に指で触れながら、ジンはそう言って誤魔化した。

●

ガランド侯爵家は——端的に言えば没落貴族である。

ヴァルデマル皇国の貴族名鑑には載っているものの、その名に聞き覚えの在る貴族はごく少数、既に所領はごくごく限られた狭い範囲に限定されており、税収は微々たるもの。

当然、貴族の体面を保つための予算が潤沢にある筈も無い。

結果……ガランド侯爵邸は、あちこち荒れ放題で修繕される事無く放置されており、何も知らずに訪れた者は例外なく廃墟と思い込む。

また、使用人を多数雇う様な余裕も、当然ながら無い。

そういう訳で、その規模に比してガランド侯爵邸の住人はたった三人であり、当然ながら掃除炊事洗濯といった家事仕事も侯爵家当主であるジン・ガランドを含めた三人が分担する事になっている。

「お待たせしました」

そう言って、厨房から皿に盛り付けられた夕食を運んでくるのは、家政婦のユリシア――ではなくて、建前としては侯爵家令嬢という事になっているリネットである。

「塩の瓶とってくれ」

「はいはいです」

勿論、ジンも、そしてユリシアも黙って座って料理が出てくるのを待っている訳でもなく、食器を用意したり、茶を用意したりと手を動かしているが。

どちらかというと庶民の食卓風景に近いが、ジン達は特に現状に不満がある訳でもなく、これはこれでガランド侯爵家の団欒として上手く行っているのだった。

「そういえば若様」

好物の卵料理をひとしきり堪能して御茶をひと啜り――そこで思い出したかの様にユリシアが口を開いた。

「建国記念日の式典、如何いたします？」

「あー……今年は出ない訳にもいかんか」

ジンは天井を仰いで溜息をつく。

「まあリネット絡みで多少なりとも無理をお願いしましたので」

とユリシアがきらりと眼鏡を光らせて言う。

「あの、私がなにか……？」

「リネットを養女としてガランド侯爵家に迎え入れるにあたって、色々と根回しが必要でありましたので」

と拳から一本立てた人差し指を振りながらユリシアは笑った。

「一時期、隣国のスカラザルン帝国が、戦災孤児の名目で大量の特殊工作兵を我が国に送り込んできた経緯もありまして、身元の確認と保証には色々と煩雑な手続きが必要になるですよ。リネットの実家――というか何というか、ホーグ家に確認をとってもややこしい事になりかねませんし、まあそういう事で少し皇宮の方の伝手を辿って。元は国を救った『異界の勇者』の家系ですから、細々とながらも皇家とも繋がりがあるですよ」

「まあ本当に何かの折に挨拶する程度の繋がりだが」

と面倒臭そうに言うジン。

「他にも〈魔王〉討伐の際に、『異界の勇者』を助けた魔術師の家系も、その後、重臣として皇家に仕えていまして、今回、若様に出席の要請を出してきたのはこちらなのです」

言いながらユリシアは肩を竦める。

「実を言えば私の家の本家筋にあたるです。今回の、式典の話を持ってこられたのも『叔母様』でして。貴族としての爵位こそ持っていませんが、皇帝の側近の一人ですね」

「そうなんですね……凄い」

とリネットはただただ素直に感心している。

「色々と面倒臭いんで、適当な理由を付けて辞退しているんだがな、式典の参加は」

と——鳥の肝の炒め物をつまみながらジンが言う。

「今年はまあ、そういう訳にもいかん。リネットの事はさておき、ウェブリン女学院の例の会見で、魔剣術科の創設やら何やらも、派手に宣伝してしまったしな」

貴族や名家の子女が多数通うウェブリン女学院を、正体不明のならず者達が占拠し、少なからず死傷者を出した事件はヴァルデマル皇国全体に知られているし、当然、それを解決したとされるジンも、知名度が自動的に上がってしまった。

この状態で建国記念式典の様な大規模な式典を欠席してしまうと、ガランド侯爵家がヴァルデマル皇家の体面を傷つけたととられてしまう場合も有り得る。

「まあそういう事で——覚悟しておけ」

「はい——って、え？　あの、わ、私も出るんです⁉」

と眼を瞬かせて問うリネット。

「とりあえず、建前としてお前は、ガランド侯爵家の人間という事になってるからな。俺に万が一の事があれば、ガランド侯爵家の次期当主はお前になるのだろうし」

「ふぇっ⁉」

自覚が無かったらしく、リネットは眼を丸くして凍り付いている。

「こんな没落貴族の当主に据えられても困るとは思うですが」

「やかましい」

唸る様にジンは言い、それから改めてユリシアの方を見た。

「そういう訳でリネットの礼装を改めて用意してくれ」

「それなら『姫騎士』衣裳で良いのではと」

「ああ……あれか。そうだな」

ユリシアの言う『姫騎士』衣裳というのは、リネットが以前の、全校模擬戦の時に着用していた白い装束の事だ。

元々は公式式典で皇室関係者を——特に女性を警護していた近衛騎士達の礼服を参考に造られたものである。

式典の最中はともかく、その後の宴席にまで甲冑を着た厳つい騎士が同席していては興を削ぐという事で、そのまま舞踏会にも出られそうな、洒落た感じの——しかし動きやすく、布に鋼線を編み込んで頑強さを確保した仕立ての衣裳が造られたのだとか。

ちなみにリネットの姫騎士衣裳はユリシアが選んで購入してきたものを、更に一部改造したものであるのだが――

「あ、でも、あの、す、少し、その、仕立て直しをお願い出来れば、と……」

と頬(ほお)を赤らめてリネットは眼を伏(ふ)せる。

「仕立て直し、ですか?」

「む……胸が少し……苦しくなってきて……」

と呟(つぶや)く様にリネットが言った瞬間(しゅんかん)。

「若様!」

だん、と両手を食卓についてユリシアが言った。

「なんだ、行儀(ぎょうぎ)の悪い――」

「お喜びを! リネットの胸が育っています!」

「ユ、ユリシアさん――」

慌(あわ)てて声を上げるリネットだが、ユリシアは構わず言った。

「食事事情の改善もあるでしょうが、リネットはまさしく成長期、若様好みの女性に育つ可能性が高まっていますよ!」

「やかましい!」

とジンも食卓を叩(たた)いて喚(わめ)く。

「あ、あの、ジン様――ジン様は、胸の大きな女性が？」

とジンとユリシアを見比べて尋ねてくるリネット。

「お前もいちいちユリシアの妄言を真に受けるな！」

「以前、嫁に求める条件をお尋ねしたら『胸は大きい方が良い』と！」

「お前が『巨乳か貧乳の二択ならどちらで？』とか聞いてきたからだろうが⁉ しかも『無いよりは有る方がいいですよね』とか散々誘導尋問を――」

「リネット、頑張って育てるですよ！」

「は、はい！ 頑張ります！」

「聞け、お前等は‼」

何故か拳を握りしめて盛り上がる二人に、そう怒鳴ってから――ジンは改めて窓の外を見遣る。

白々と冷たい月の光が降り注ぐ中……皇都ヴァラポラスの中央に位置する壮麗な巨大建築、即ち皇宮の偉容が黒々とそびえていた。

●

「……し、失礼、します」

緊張の表情を浮かべながらリネットはそう言った。

「………」

ジンはというと黙って頷くだけだ。

それを確認すると寝間着姿のリネットは、おずおずと寝台に寝そべるジンの隣に、身を横たえる。

ジンとリネットは毎晩、同じ部屋、同じ寝台で眠る。

これはリネットがガランド邸に来てからというもの、初日を除いてずっと続いている『添い寝』である訳だが……既に八ヶ月以上を経過しても尚、リネットは慣れる様子が無く、毎度、初めての事の様に躊躇する素振りさえ見せる。

魔剣術を覚えて、随分とその言動は、本来の──十代の少女らしい明るく積極的なものになりつつあるが、これだけは殆ど変わっていない。

元々この『添い寝』は安全策の一つだ。

リネットは感情を昂ぶらせると、魔力が暴走し爆発や凍結といった危険な現象を生じさせる、という悪癖がある。実際、ガランド邸に来た初日に夢見が悪かった彼女は、部屋を一つ吹っ飛ばしている。

だが魔術式を解体し、魔力の現実事象への転換そのものを阻害する特性を持ったジンが触れていれば、この魔力の暴走を防ぐ事が出来る。

逆に言えばジンとリネットは必要性があるからこうしているのであって、二人が恋人か、さもなくば夫婦の様に、毎晩、睦み合っているという訳ではない――のだが。

「あの……ジン先生？」

ふとリネットが両肘をついて身を起こしながら声を掛けてきた。

「なんだ」

天井を眺めながらジンが気の無い声で返事する。

ちなみに当初は『ジン様』だの『ご主人様』だのとジンの事を呼んでいたリネットだが、ウェブリン女学院でうっかりそうした呼び方をするとまずいという事で、今はもう『ジン先生』で統一されている。

「えっと……その……結局、ジン先生は、その、胸は大きい方がお好きなんです？」

「…………」

ジンは無表情で片手を挙げると、おもむろにリネットの頬に、まるで撫でるかの様にして、その掌を添えて――

「お、ま、え、は」

「い、いた、いたたたたた⁉」

次の瞬間、がっちりと顔面を掴んできたジンの指の握力に、リネットは悲鳴を上げた。

「何を聞いていたんだ、何を？」

「い、痛い、痛い、痛いです⁉」

と両手をばたばたと振り回して訴えるリネット。次の瞬間、ジンが手を離すと、彼女はそのまま彼の胸の上に倒れ込んできた。

「ううっ……ジン先生ぃ……」

と涙目のリネットを、ジンはしばらく半眼で眺めていたが。

「……俺の女の好みなんてどうでも良いだろう」

言って溜息をつく。

「正直、胸の大きさなんてのは、俺に言わせれば大して違いは無いんだよ。胸が大きい方か小さい方かと言われれば、大きい方が『扱い易い』んで有り難いがな」

「あ、扱い易い……ですか」

何故かごくりと生唾を呑み込んで言うリネット。

「それは、えっと、その、も、揉みやすいとか――」

「左の乳房の下が狙い目なんだよ」

無表情にジンは言った。

「――え？　狙い目？」

「乳房に沿って刃を突き刺せばそこが心臓だ。刃を水平に寝かせておいてやれば、肋骨に引っかかる可能性も低い」

要するに……ジンの言う『扱い易い』とはつまり『その気になった時に殺し易い』という意味なのだ。

「良くも悪くも俺はそういう風に『出来上がって』る。人間を見れば先ずどうやって殺すかを頭の中で瞬間的に考えている。もう癖だ。殆ど無意識にな。俺にとっての女の乳房ってのは、つまり性的なもの以前にそういう対象なんだよ」

「…………じゃ……じゃあ」

リネットは何やら勇を鼓した様子で言った。

「わ……私をお手つきになさらない……のも……？」

「……言っておくが、性欲が無い訳じゃないんだ。ただ、正直、その手の話はだいぶ前に色々あってな。どうにも俺自身がよく分からないんだよ」

「だいぶ前……？」

「何年前だったか忘れたが、一度、ユリシアに求婚した事がある」

さらりとジンはそんな事を言った。

「…………え？」

「主人と使用人という以前に、俺とあいつは幼馴染みでな。お互い、産まれた頃からの付き合いだ。で──ガランド家が総じて引きこもりがちな事もあって、俺の狭い交友関係で、恋愛対象になりそうなのは、アイツぐらいのものだったわけで」

「…………」

「今にして想えば、手近な所で安易に選んだ、という意味では随分とあいつにも失礼な話だった訳だが」

「…………ユリシアさんが……」

リネットはしばらく何か考えていた様だったが。

「で、では、婚約者のユリシアさんに遠慮して？」

「いいや？　ユリシアにはその場で振られたよ」

「そ、そうなんですか？」

「食事の時にも言っていただろう？　そもそもガランド家とスミス家は、もう何世代にもわたる付き合いだ。元は『異界の勇者』が〈魔王〉討伐した際に付き従っていた魔術師の家系でな、スミス家は」

「あ……」

「その後も、代々のスミス家の者は、ガランド家に各世代に最低一人はこれを補佐する人間を送り出してきた。ガランド家の者は魔術が一切使えないから、〈魔王〉の遺産で魔導機杖の生産の技術が確立され、一般化した後は尚更、魔術の使える補佐役が必要だったんだよ」

〈魔王〉を討った功績により、『異界の勇者』はガランド侯爵家を興す事になった訳だが……魔術が一切使えないという問題を抱えている代々のガランド侯爵家当主は、ヴァルデマル皇国に、魔術を扱える従者を継続的に付けてくれるようにと要請した。

その従者の家系がスミス家であり、その末裔がユリシアなのだ。

「ところが、ガランド家の当主は子供をもうけると、その子は当然の様に通常の魔術が使えない、魔術が効かない特性を持つ事になる。だからガランド家の者がスミス家の者と結婚した場合……特にスミス家の当主が子沢山では無かった場合、ガランド家を補佐できるスミス家の人間が途絶えてしまう可能性がある」

「…………」

「まあそういう訳で、ユリシアには即答で断られた」

「ジン様――」

当事者でもないのに、リネットは何か哀しげな表情を浮かべている。

あるいは、登場人物を自分に置き換えて、同じような場面を想像したのかもしれない――誰かと心底、好き合っていたとしてもその『魔術無能』の故に結ばれる事が出来ないという可能性を。

「まあその時に改めて思い知らされた訳だ。俺は普通に誰かを好きになって結婚なんて出来ないなと」

「それは――」

「そもそもこの魔術が使えて当然、魔術万能の時代、俺と結婚する以上はガランド家の跡継ぎを産む事を期待される――そしてそれは、つまり俺か俺以上に苦労する子供を産むという事だ。そんな事情を抱えたまま誰かと恋愛なんぞ出来る筈が無いだろうし……誰かに求婚なんざ尚更に出来ない」

「…………」

「いっそガランド家なんて俺の代で途絶えればいい、位に思った事も何度か在るんだが」

ジンは自嘲的な笑みを浮かべる。

「ユリシアにしてもスミス家の他の者達にしても、『勇者の血脈を途絶えさせてはならない』という考え方をしているから、俺の代でガランド家が途絶するなんてのは許されない訳でな」

「……おっしゃってましたね」

「皇室も、次に〈魔王〉みたいなのが産まれた際の『非常用対抗兵器』としてガランド家は維持されるべき、という考えだからな……ろくにヴァルデマルの政治に貢献していないガランド家が、取りつぶされる事も無く存続してきている理由だ」

もっとも既に何世代も前の『伝説』を真に受けていない者も多く、ガランド家を取りつぶそうという話は、十年に一度位の頻度で、貴族や皇室関係者から出てくる様だが。

「そんな事情があるとな、正直、女を抱くのなら、一時的な快楽を得る為に娼婦を買うか、さもなきゃ全て納得ずくで奴隷の様に、金で子を産む為だけの――」

と言いかけて。

「…………」

ジンは眉を顰めた。かつてその『奴隷』として売られていた少女が、現在、添い寝しているという事実に改めて気がついたのだ。

「ああ。いや。だからな。俺が以前、女なら役に立つ云々と言ってお前を連れてきたのはそういう意味ではなくてな」

かつて奴隷商人の屋敷からリネットを連れ出した際、ジンは『どうして無能な自分を殺さないのか』と問うた彼女に、『女なら魔術が使えなくても他に使い道はある』と答えている。

「普通に炊事(すいじ)や洗濯(せんたく)で役に立ってくれればと――」

「…………」

リネットは束(つか)の間(ま)、ジンの腕(うで)に顔を押(お)しつけていたが。

「……奴隷で、なくても、ジン先生のお嫁さんになりたいって子は、居ると、想います」

彼女は、くぐもった声でそう言った。

「…………は？」

と、らしからぬ間の抜けた声がジンの口から漏れる。

「ルーシャだって、キャリントンさんやギムソンさん、ヨークさんも――」

とリネットが挙げる名前はいずれもジンの教え子――魔剣術科の生徒達(たち)だ。

「待て、教え子になったからって――」

「私達六人以外にも、ジン先生の魔剣術の講義を受けたいって子は沢山(たくさん)いるんですよ？

別に魔術が使えない訳じゃなくても」

「…………初耳だが」

「ジン先生のご負担が増えるからって、学院長やルーシャが、ある程度の選別をしているんです。先ず本当に魔剣術が必要な者から、と」

それはつまり、魔剣術に頼らずとも済む生徒が、別の目的でジンの薫陶を受けたいという事で。

師弟になったから恋愛感情が芽生えるのではなくて。

恋愛感情が在るから距離を縮めたくて——お近づきになりたくて、弟子入りを求めるという場合も在るという事か。

「いや、だが、そもそも彼女等は俺の『特性』を知らないだろう？」

既に教師と生徒として接して半年以上、さすがに聡いルーシャ辺りはジンがリネットと同様、『普通の魔術は使えない』事に気がついているかもしれないが。

「それこそ同じ様な子を産む事になるかもしれないと知って、俺の嫁になりたいなんて娘は——」

「そんなの、聞いて見ないと分からないじゃないですか……！」

何故か妙に力を込めた声でリネットは言った。

「私、魔術が使えないだけじゃなくて、その、元々、要領がいい方でもないですし、ユリシアさんみたいに器用でもないし、お料理は任せて貰ってますけど、本職の料理人さんには及ばないし」

「………」

「だから、せめて他の子に出来ないような、お役に立てる事があればとは想ったんです。でも、ひょっとしたら、他の子には出来ないなんて思っているのは、私だけかもしれなくて……」

魔術の使えない子を産む事になる、それを承知の上でジンと添い遂げたいと言う娘が、もし居たとしたら……

「それに……ユリシアさん、弟さんと妹さんがいらっしゃるんですよね？」

リネットはふと顔を上げて言った。

「ああ、らしいな？」

どうやらユリシア本人から聞いたらしい。

「ならユリシアさんがジン様と結婚しても、スミス家が途絶えたりはしないんじゃ？」

「………」

確かにジンがユリシアに求婚したのはもう十年ばかり前の事で。

長女のユリシア誕生以後は、しばらく子宝に恵まれなかったスミス家。しかし、この十年の間に双子の弟二人と、妹一人の三人が立て続けに産まれている。

またユリシアが言う『本家』の方にも子供は居る。つまり別にユリシアがジンと結婚しても、スミス家が途絶えたりはしない訳なのだが――

「……まあ、その、今更だがな」

だからといって、ジンが改めてユリシアに求婚するというのもひどく今更の話である。

一度振られてからは、ジンはユリシアをそういう対象として見ないようにと自分に言い聞かせてきたし――しつこく迫って、姉のみならず、家族同然だったユリシアまで失いたくなかったという事もある――恐らくはユリシアも似たようなものだろう。

今では二人の距離感は兄妹の様なものであって、それ以上でもそれ以下でもない。少なくともジンはそう考えている。

「本当にそうなんです？」

何故か少し拗ねた様な表情でそんな事を尋ねてくるリネット。

その蒼い瞳は奇妙に強い光を湛えてジンを見つめている。

「………今日のお前は妙に『圧』が強いな？」

と――寝台脇の小型行灯に消灯用の蓋を被せながら、ジンは言った。

建国記念日。

大概の国では建国の祖を讃える為にこの日を祝日と定め、何らかの式典を開催する事が多いが、これはヴァルデマル皇国でも同じである。

むしろ長い歴史を誇るヴァルデマル皇国においては、最も重要とされる祝祭日であると言っても過言ではない。

国の各所にて官と民とを問わず祭りが催され宴が開かれるし、当然――皇都と同じ名を冠された皇宮ヴァラポラスにおいても、軍による閲兵式を皮切りに、様々な式典が目白押しとなっている。

ヴァラポラス宮前の広場には、数多くの民衆が訪れ、皇帝もこれに応じて姿を見せるのが常だ。

「…………しかし」

だが今年……ヴァラポラス宮二階に直結した張出舞台にヴァルデマル今上皇帝の姿は無い。

今は閲兵式典の最中――広場端、宮殿前を、ヴァルデマル皇国軍が行進しているが、皇帝の代わりに彼等を見下ろしているのは第一皇太子クリフォード・ヴァルデマルだった。

ヴァルデマル今上皇帝は去年の半ばから体調を崩しており、式典への参加は身体に障ると、御典医達が進言した為である。クリフォードの即位も近いとされている為、その『顔見せ』――国民に馴染んで貰う為の意味もあっての代役なのだろう。

「無粋な男衆ばかりが列を成してぞろぞろと。はぁ……毎年の事ではあるが、正直、つまらんね、これは。辟易する」

クリフォードは溜息交じりにそう言った。

行進中の兵士達や広場の民衆向けには、朗らかな笑みを取り繕っているものの――その薄い唇から漏れる言葉は、別人のものの如く辛辣なものだった。

柔らかに波打つ赤毛を長めにし、黒い瞳は切れ長、ともすれば女性と見紛うかの様な、眉目秀麗な顔立ちであるが、それだけに毒舌めいた言葉が出てくると、内に秘めた悪意が滲むかの様だった。

「汗臭い連中の戦争ごっこを、延々と見せつけられる身にもなって欲しいものだ。退屈極まりない。これが皇族の務めだというのなら、式次第を決めた昔の連中はさぞかし被虐趣味に傾倒していたのだろうね」

そう言うクリフォードの左右には、剣を佩き鎧を着た近衛騎士が四名ばかり侍っているが……いずれもが若い女性である。

『汗臭い男を傍に侍らせるのは我慢ならない』というクリフォードの言葉により、彼の身辺警護役は、近衛騎士団の中から数少ない女性騎士が選抜されている状態だ。

「――兄上？」

ふとクリフォードの背後から声がかかる。

「ひぎゃくしゅみ、とはなんでしょうか？」

そう問うてくるのは、張出舞台の奥、五つばかり設けられた席に座っている少年だった。歳の頃は十代前半、その白い顔には幼い丸みがまだ強く残っている。

第二皇太子――デイヴィッド・ヴァルデマルである。

こちらは表情と台詞の乖離は無く、まさしく純真無垢、天真爛漫といった感じの少年だった。被虐趣味云々のみならず、恐らくクリフォードが何を言っているのかもよく分かっていないだろう。

「ああ、デイヴ」

肩越しにちらりと――一瞬だけ弟を振り返ってクリフォードは言った。

「お前は知らなくてもいい事だよ。私の愚痴さ。すまないね」

そう言うクリフォードの表情は勿論、朗らかな笑みを保ったままだが、口調や声音にも黒いものは滲んでいない。皇室関係者の間では、『男嫌い』『女好き』で通っているクリフォードであるが、さすがに弟に対しては『優しい兄』でいる様に見える。

もっとも——

「……クリフォード殿下？　デイヴにおかしな言葉を教えないでくださいましね？」

更に、そう声を掛けてきたのは、デイヴィッドの隣に座っている女性だった。

半宝冠をその黒髪に包まれた頭に乗せている事からも分かる通り、彼女は皇妃——つまりクリフォードやデイヴィッドの母にあたる立場の女性だ。

オーガスタ・ヴァルデマル、ヴァルデマル今上皇帝の二人目の妻である。

「それでなくとも殿下の御乱行、宮中の噂になっておりますれば」

「乱行とは心外な。義母殿、私のあれは趣味ですよ、ただの」

クリフォードが『義母殿』と呼んだ事からも分かる通り、オーガスタとクリフォードは血が繋がっていない。クリフォードは既に逝去した第一皇妃の産んだ子であり、デイヴィッドを産んだオーガスタは第二皇妃である。

「しかるべき時期になれば、きちんと見栄えのする妻を有力貴族の子女の中から選びます故、心配御無用」

と言いながらクリフォードは自分の左横に立っている近衛騎士の背中に手を添える。若い娘であるその近衛騎士は、わずかに表情を曇らせて眼を伏せた。

位置的に民衆や兵士からは見えないが、オーガスタらからは丸見えの状態である。

昼夜を問わず警護対象の間近に侍り、命懸けでこれを護る近衛騎士の立場……しかも相手が見目麗しい上に、皇族となれば、言い寄られて断れる者は少なかろう。相手の思惑が単なる『遊び』だと分かっていても――である。

「殿下の心配はしておりません」

苦笑しながらオーガスタは言った。

「ただ息子は殿下程に要領も良くないので……デイヴィッドは殿下を慕っておりますし、自分も、と殿下の真似をし始めると、揉め事の元にならないかと心配で」

「その時には私が責任を以て、可愛い弟の揉め事を片付けましょう」

と――クリフォードはその眼を行軍中の兵士や広場の民衆に向けたまま言った。

「いいかい？　何か女絡みで困った事があれば、百戦錬磨のこの私を頼るんだよ、デイヴ。覚えておきなさい」

「よく分かりませんが分かりました、兄上」

とやはり天真爛漫な笑みで答えるデイヴィッド。

この腹違いの兄弟は、性格が大きく異なるが……それ故に、逆に仲が良い。あるいは歳が離れている事も影響しているだろう。共通点が少ないが故に比較しづらく、互いに羨んだり妬んだりする事が無いのだ。

「本当に困った方だこと……」

また……オーガスタもクリフォードに苦言を呈する事は多いが、第一皇太子は彼女に反発する様子も無く、むしろ『第二皇妃殿』ではなく『義母上殿』と呼んで自分の身内だと認めている。クリフォードの場合、彼が物心つく前に生みの親である第一皇妃が身罷ったせいか、長い付き合いのオーガスタに『母親』を感じているのかもしれなかった。

「さて――もう少しこの苦行に付き合うとしよう」

改めて眼下の行進を眺めながらクリフォードはそう言った。

●

同じ時刻――ヴァラポラス宮正門前。

そこに設置された閲兵式用の貴賓席……ヴァルデマル皇国貴族であるジン・ガランドとその連れであるリネットの姿は、その端に在った。

「あの……ジン先生？」

眼は行進中の軍隊に向けたまま、ふと思いついた様子でリネットがジンに尋ねる。

「皇帝陛下は、いらっしゃらないんですか？」

「――リネット」

彼女の問いに答えたのは――しかしジンではなかった。

「あなた、もう少し世情というものを知っておいた方が良いと思うわよ？」

彼より先に答えたのは、リネットを挟んでジンとは反対側に座っている少女だった。

ルーシャ・ミニエンである。

彼女はミニエン公爵家の令嬢という事で、やはりこの式典に招かれているのである。ちなみに彼女の更に向こうには、リネットらが通うウェブリン女学院の学院長――つまり現ミニエン公爵夫人の姿も在った。

ミニエン公――エンフィルド卿は、高齢の為に式典には出席出来ず、今はこの老婦人、即ちルーシャの祖母がミニエン公爵家名代として、この場に来ているのだ。

「え、あ、ご、ごめん」

とリネットは頬を赤らめて俯く。

「皇帝陛下はうちの御爺様と同じで……お身体の具合が優れないので、去年から式典にはご出席されていないのよ」

とルーシャは言った。

「そうなんだ……あ。えっと、私、去年はちょっと忙しくて」

実は奴隷として売られて、何やら怪しい実験の対象になっていたので、世情に疎いのは仕方ない――とはさすがに言えない。

現在、式典の招待を受けた貴族当主とその連れ――大抵は家族だが、それらがおよそ千五百人余り、この場には居る。

既に皇宮の二階に設けられた張出舞台には第一皇太子のクリフォード・ヴァルデマルを筆頭に三人の皇族が姿を見せ、民衆や隊列を組んで行進している軍の兵士達に手を振っているが――確かに当代のヴァルデマル皇帝はそこには居ない。

ちなみに、式典にはリネットの養親であるホーグ子爵家の者も来ている筈だが、今のところ、特に接触は無い。自分達で養子を奴隷商人に売り飛ばしたなどと言える筈も無いので、向こうからガランド侯爵家を避けているのかもしれないが。

「まあ、貴女は魔剣術の特訓でどこかに籠もっていたんでしょうから、知らないのも当然だけど――」

「あ、えっと、うん、そ、そうね」

とかくかくとぎこちない仕草で頷くリネット。

その動きで腰の左右に吊られた魔導機剣〈紅蓮嵐〉と破魔剣〈霞斬〉が小さく音を立てた。

それを見たルーシャが、自分も腰の魔導機剣と破魔剣に手を伸ばして触れる。年齢の割に落ち着きのある少女だが、やはり彼女もまた緊張しているのだろう。

（しかし第一皇太子の『悪い癖』にも困ったものだな）

と横目でそれを見ながらジンは思う。

（他の貴族達の注意がこっちに集まるのはあまり良い事じゃないんだが……）

この式典には、警備上の必要性から、魔導機杖の持ち込みが厳しく制限されている。国民の前にヴァルデマルの皇族が直に姿を見せる以上、近衛騎士達の守りを跳び越えて、中距離や遠距離からこれを攻撃出来る魔導機杖は、極めて危険だ。

故に広場に入る場合にも国民は魔導機杖を預けねばならないし、兵士達が携えているそれは、儀式用のもの——形だけをそれらしく取り繕っただけの、機能しない代物である。

勿論、近衛騎士達は持ち込み禁止の例外である訳だが、やはりこれ見よがしに大型のものを携帯する事は許されず、小型のものを目立たぬように持ち込んでいるのみだ。

そんな中に在って——リネットが、そしてルーシャが堂々と魔導機剣を持ち込むのが許されているのは、この式典の後、魔剣術の披露をするようにと、皇室からの要請が来ているからだ。

「…………」

ジンに直接――ではない。

要請が来たのはウェブリン女学院にだ。更に言えばこれを運営するミニエン公爵家にだ。

こうなると――表の立場としては、学院の一教師に過ぎないジンには断れる筈も無い。

リネットやルーシャならば尚更である。

(皇室からと言いつつ、第一皇太子が強く望んだという話だが)

元々貴族社会においてクリフォードの女癖の悪さは有名である。

恐らく彼は魔剣術そのものよりも、ウェブリン女学院の生徒の方に興味が在るのだろう。

ともあれ――

「皇太子様……お二人とも……すごくお美しいですね……」

ふとリネットがそんな事を言う。

言われてみれば――確かにクリフォードもデイヴィッドもその容姿はよく整っている。

代々の皇帝の一族には赤毛の者が多い為、ヴァルデマル皇国では赤毛を『最も美しい髪』とする風潮が強いが……皇太子等は共にその特徴を受け継いでいる上に、目鼻立ちも涼しげに整っており、皇位継承者としての教育を受けてきたせいか、その立ち居振る舞いにも気品がある。

人間の美醜は単に顔や身体の造作のみならず、その所作に因る部分も多いので……美形でも浮かべる表情一つ、仕草の一つで、途端に野卑に見えたりもするものだが、二人の皇太子の容姿には、その物腰も含め、本当に隙というものが無い。

「そうね。お美しいわね」

とルーシャが頷き――それから彼女はちらりとリネットを、そしてその向こう側にいるジンの方にその紫の眼を向けて言った。

「私は、ジン先生の方が恰好いいと思うけれど」

「え？　そ、それは私だって！」

とルーシャがさらりと付け加えた一言に反応するリネット。ジンの側からは何も言えずただ苦笑するだけだったが――

「二人共静かにしなさい」

と学院長――いやミニエン公爵夫人が少女達を窘めてくれた。

そして……

「――リネット」

ふと――ジンは身体を傾けてリネットに耳打ちする。

「それにルーシャ・ミニエン」

「――はい」

「なにか？　ジン先生」

少女達はジンの口調に含まれる何かを感じ取ったのか、緊張を含んだ口調で応じてくる。

「未だ分からないですが……少し嫌な予感がします」

ジンは前を向いたまま無表情に言った。

（殺気……というのもかなり曖昧だが）

実のところ、何か確信があっての言葉ではない。ただこの場において殺気の様なものを感じ取った以上、気のせいと無視すれば、後々面倒な事になりかねない。

（備えあれば憂いなし——だったか、祖先の郷里の言葉）

などと考えるジン。

「場合によっては魔剣術を披露する予定が早まるかもしれません。いつでも動けるようにしておきなさい。学院長、お孫さんを少しお借りするかもしれませんが、よろしいですね？」

「——勿論」

老婦人はむしろ笑顔で頷く。

「皇室の方々をお守りする為ならば是非も無く」

「ありがとうございます」

そう言ってジンは目を閉じると――改めて感覚を研ぎ澄ませた。

●

「そういえば、魔剣術、でしたか」

ふと何事かを思い出した様子でクリフォードが言った。

「エンフィルド卿の運営する学院において新たな兵種が誕生したとかしないとか――」

「ええ。そのようですね」

と頷くのはオーガスタである。

「そちらは女学院と聞いておりますれば、来年からはむくつけき男共のむさ苦しい行進などではなく、女生徒達に剣舞をして貰うのを、式典の大詰めとするのはどうかと――」

などとクリフォードが冗談交じりにそんな事を口にした――瞬間。

突如、轟音が広場を、そしてヴァラポラス宮を揺さぶった。

「――!?」

さすがに笑顔を維持出来ず、怪訝な表情を浮かべて辺りを見回すクリフォード。既に音のみでも不穏なものを感じ取ったのか、咄嗟にオーガスタは我が子デイヴィッドを抱えて床に伏せていた。

そして次の瞬間、辺りが――その風景が一斉に全方位、白濁した。

「なんだ、何が起こった⁉」

クリフォードも床に膝をついて身を屈めながらそう叫ぶ。

周囲を改めて見回すものの、突如として発生した白煙が辺りを覆って視界を狭めている。まるで濃霧の中に置かれたかの様――伸ばした己の手の先すらはっきりと視認出来ない様な状況である。

「まさか――」

煙幕だ。間違いない。だがどうやって？

閲兵式の重装歩兵達が携えていた魔導機杖は単なる飾りだ。煙幕の魔術は確かに存在するが、彼等以外の者が大勢で一斉にその種の魔術を行使しなければ、皇宮全体を覆い尽くす煙幕など、生み出し様がない。

ならば魔術に頼らない方法でか。

確かに警備は魔術に――魔導機杖に対する警戒に偏っていた為、その隙を突く様にして非魔術の仕掛けを持ち込む事は不可能ではないかもしれない。

あるいは兵士達の魔導機杖が本物とすり替えられていたか――

「義母殿、デイヴ、気を付けられよ！」

　腰に提げていた儀礼用の剣に手を掛けながら、この白煙の向こうに居るであろう義母と腹違いの弟に向けてクリフォードは叫んだ。

「応じる必要は無い、とにかく声を潜めて物陰に身を――」

　これは攪乱だ。視界を閉ざしているだけで何ら脅威ではない。

　ならばこの後に本番が――何らかの攻撃が来る可能性が高い。

（――近衛は何処にいった？）

　本来、この様な事態になれば、真っ先にクリフォードの身の安全を確保するべきである近衛の女騎士四名は――先ほどから呼び続けているが、いずれも反応が無い。

　デイヴィッドとオーガスタにもそれぞれ五人ばかり近衛騎士がついていた筈だが、そちらの反応も無い。

（私一人では――）

　クリフォードも多少の武術、護身術の心得は在るが、わざわざこんな仕掛けをして襲ってくる相手なら、一対一で真っ当に勝負、などという対決姿勢をとったりはすまい。

　事実――

「ひぐっ――」

「がっ――」

悲鳴とも苦鳴ともつかぬ声と共に、人の倒れる音、そして鋼の強く打ち合う音が聞こえてくる。

剣戟の響きだ。つまりこの白煙たちこめる張出舞台の中で、戦っている者が居るという事である。恐らくは襲撃者達と、近衛騎士達が。

近衛騎士達は例外的に殺傷力のある術式を積んだ魔導機杖の携帯を許されている筈だが、白煙立ちこめる中で攻撃系の魔術を使えば、同士討ちの可能性もある。それ故に、襲撃者も近衛騎士も、魔術ではなく近接系の武器で戦っているのだろう――

「クリフォード殿下！　デイヴィッド殿下！　皇妃様！　何処におられますか⁉」

ようやく、デイヴィッドとオーガスタについていた近衛騎士のものと思しき男性の声が響く。

「……ここだ」

クリフォードは剣を抜きながらそう応える。

次の瞬間、煙を押し退ける様にして、三人ばかりの近衛騎士が――礼装を身に帯び、左右の手には長剣と、小型の魔導機杖を携えた男達が、クリフォードに駆け寄ってくる。

「殿下、ご無事で⁉」

「ああ——」

とクリフォードは頷いて——次の瞬間、彼が掲げた剣に、近衛騎士の一人が振り下ろした長杖剣の刃が激突し、火花を散らした。

「とりあえず今の今まではな」

「………」

クリフォードの皮肉げな笑みに、対する三人の近衛騎士は無表情である。

不意打ちを防がれたというのに、慌てる様子も悔しがる様子も無い——

（近衛に裏切り者がいたのか、それとも、近衛の振りをした狼藉者か——）

クリフォードはこの三人の顔に見覚えが無い。少なくともデイヴィッドらについていた五人ではない。となると——この煙幕の中で、既にクリフォード付きの四名と、デイヴィッド、オーガスタ付きの五名は、斃されたとみるべきか。

（いずれにせよ近衛騎士団全体が謀反を起こした訳ではないだろう）

それならばそもそも白煙だの爆音だので現場をかく乱する必要が無い。単に数に任せてクリフォードらを押し包み、めった刺しにすればよいだけの話である。

（つまり、しばらく持ちこたえれば、助けは来る——）

近衛騎士なり、皇室関係者なりが、クリフォードらのこの窮状に気づいて駆けつけてくる筈だ。とりあえずそれまで時間を稼(かせ)げば、クリフォードの勝ち、稼げなければ負けだ。

「——来い、痴(し)れ者(もの)共」

そう言って相手の長剣をはね除(の)けると、クリフォードは改めて剣を構えて見せた。

●

皇宮(こうきゅう)前の広場は突如として発生した白煙に満たされていた。

「なんだ、なんだこれは⁉」

「近衛、近衛騎士は何をして——」

「ぎゃあっ！」

「迂闊(うかつ)に動くと危な——」

ろくに視界が利(き)かない中、更に悲鳴と怒号(どごう)が交錯(こうさく)する。

多くは突然(とつぜん)の状況に慌てて転んだりぶつかったりした者だろうが——

（慌てて使い慣れない儀礼用の剣を振り回してる奴(やつ)もいそうだな）

とジンは考える。

儀礼用の代物とはいえ、剣の形をしている以上、突(つ)けば刺さるし、打てば肉が裂(さ)ける事もある。身を守ろうと振り回して、敵でもない相手を傷付けた者も居た様だった。

（魔導機杖の持ち込みを禁じたのが裏目に出たな……）

本来なら衝撃波や竜巻を生む魔術で迅速に白煙を排除できた筈なのだが——この状況では、事前に何らかの対策でもしていない限り、しばらくは多くの者が満足に歩き回る事も出来まい。

「これを握って——いや、魔導機剣の鞘に巻いてついてきなさい」

ジンはリネットとルーシャにそう告げると、左右の袖口から出した鋼糸を渡して席を立った。普段から彼は身体のあちこちに暗器——隠し武器を仕込んでいて、これもその一つ、その一部なのである。

「——はい！」

と少女達は素直に応じてくる。

「行きますよ」

そう断るとジンは小走りに白煙の中を駆け出した。

全力疾走すると少女達が引っ張られて転びかねないので、多少の余力を残した状態だ。

（……右に二人、左に一人……）

殆ど目を閉じた様な状態で、しかしジンは誰にぶつかる事も無く進んでいく。

暗殺者の本来の仕事場は闇夜だ。

星明かりすら無い闇夜で、標的の気配を頼りにこれを討つ事に比べれば、煙幕などさしたる障害にもならない。むしろ日中という事もあり、影が白煙の中に映るので、暗黒の中よりは遥かに動きやすいとも言えた。

（……二人共ついてきているな）

鋼糸の端を自分の魔導機剣に結びつけた少女達は、二歩か三歩ばかりの間をあけてジンに追随してくる。ジンとは違って気配を読む技術を彼女らは未だ身に付けていないが、その足音は――ジンの教えた歩法を忠実になぞっているのが分かった。

（さて――）

ジンは完全に目を閉じて脳裏に先程まで見ていた皇宮の風景を描き出す。皇族の三人が居るのは二階に通じる張出舞台だが、元々ジン達がいた貴賓席から見れば、そう高い位置には無い。

ジンは勿論だが、何かとっかかりがあればリネットらも上がる事が出来るだろう。

（下手に皇宮の中に入って階段を使うより――）

こちらの方が手っ取り早い――ジンはそう判断すると、改めて袖口から鋼糸の端を引き出す。一方の端はリネットやルーシャが持っている訳だが、反対側の端には抜け落ち防止も兼ねて小さな球状の重りがついていた。

ジンは概ね見当を付けると、その重りを立て続けに――投げる。

しるしると音を立ててジンの袖の中にまとめられていた鋼糸が解けて延びていく。それはすぐに皇宮の壁に当たって――狙い通り、ジンの方へと跳ね返り戻ってきた。

軽く引いてみると、手ごたえがある。ジンが目測を誤っていないなら、糸は張出舞台の転落防止柵に引っかかっている筈だ。

「リネット、ルーシャ」

ジンはすぐ背後に二人の気配を感じながら、戻ってきた重りを掴む。

「先鋒を頼みます。前に教えた壁登りの要領で。魔導機剣を離さないように」

「は、はいっ」

「承知です」

少女達が応じたその瞬間、ジンは――鋼糸を引く。

白煙の向こうで火花が散る。転落防止柵に、鋼糸が擦れて発生したものだろう。

ジンの――呼吸法で倍加させられた全膂力で引かれた鋼糸は、二人の少女を空中に舞い上げていた。

リネットとルーシャは壁を蹴りながら跳ね上がる様にして張出舞台の上に達すると、魔導機剣を鞘から抜きながら、その上に立つ。

「――上出来だ」

ジンは口の端に笑みを浮かべると――更に鋼糸を引いた。

かん！　と音を立ててリネットとルーシャの魔導機剣の鞘が、転落防止柵に引っかかる。

それを手掛かりに、ジンもまた走り――壁を垂直に走る様にして自らも張出舞台の上に達していた。

式典のこの騒ぎを予測していた訳ではないが、ジンが教える魔剣術は、総合的な戦闘技術である為、こうした曲芸めいた移動法も、教授内容に入っている。リネットもルーシャも、既にこうした壁面登攀は何度か経験済みだ。

「ジン先生――」

「これ……！」

他よりも高い位置にあるせいか、風に吹かれたのだろう――既に張出舞台の上には煙幕は立ちこめていない。

故にそこに倒れた近衛騎士や皇室の侍従らしき者達の死体を幾つも見る事が出来た。

いずれも剣らしき刃物で斬られて絶命している。男女共々数名の騎士に至っては、念の為とでも言うかの様に、首にとどめを刺した跡が見受けられた。

「皇太子殿下等は――」

とリネットが辺りを見回すと。

「ぐあっ――」

皇宮二階の奥から何者かの悲鳴が聞こえてきた。

「行きます」

「はいっ！」

皇宮内に駆け込む三人。

そこに居たのは――

「皇太子殿下！　皇妃様！」

ルーシャが叫ぶ。

先に見た第一皇太子クリフォード、そして第二皇太子デイヴィッド、そして皇妃オーガスタ。その三人の皇族が壁際に追い詰(つ)められている。

これに対しているのは三人の近衛騎士だ。

彼等は、本来ならば自分達が守るべき相手に剣を向けていた。

(それとも近衛騎士に偽装(ぎそう)した襲撃者か？)

今この場でそれを確かめている余裕(よゆう)は無い。

近衛騎士姿の一人に刺されたのだろう——クリフォードの、脇腹を押さえる左の掌が、血塗れになっているのが見えた。

「——!? 貴様等は」

近衛騎士の一人がジン達に気付いたのだろう、振り返りながら剣を向けてくるが——

「——リネット!」

「叩け・〈爆槌〉!」

ジンの一声に応じてリネットが魔術を解放する。

振り下ろされたリネットの魔導機剣が、まるで爆薬を仕込んだ破城槌であるかの様に、ジンらと近衛騎士らの間に閃光と爆炎を生み出していた。

「うおっ——!?」

近衛騎士達が狼狽える。

閃光に目を眩まされ、衝撃に耳を塞がれ、彼等の動きが一瞬、止まった。

そこにジンがするりと滑り込んで——

「貴様——」

「雑な事この上無いな」

そんな感想と共にジンの抜き放った破魔剣〈影斬〉の切っ先が相手の首に潜り込む。

脊椎に届いた手応えを確認、ジンはそれを即座に抜いて、隣にいたもう一人の近衛騎士に斬り付けていた。

「ぐあっ――」

黒い残像の尾を引いて奔った破魔剣は、近衛騎士の右手首に斬り込み、これまたするりと抜ける。速度、角度共に最適化された斬撃は、それが岩であろうと鋼であろうと断ち割る事が出来るのだ。人間の肉や骨も同様――関節を狙えば手足を切り落とすのも、ジンにとっては造作も無い事だった。

「ぎゃあああああっ⁉」

剣を握っていた右手を切り落とされ、そこから大量の血をこぼしながら、近衛騎士は悲鳴を上げる――が。

「く、来るなっ！」

三人目が剣を構えながらそう叫んだ。

それを振り下ろせば、腹を押さえながら座り込んでいるクリフォード皇太子を一瞬で殺す事が出来る、そういう位置に三人目は居る。

そして――

「――奔れ・〈雷鞭〉」

そんな声と共に、文字通り光の速度で稲妻が飛ぶ。

それは空中で二度ばかり折れ曲がりつつも、鋼鉄の剣に命中していた。

雷撃は――電気は鋼に引き寄せられる。充分に狙い澄まして威力を調整すれば、武器を持った相手だけを、その周囲の人間を傷付ける事無く攻撃する事も可能になる。

「ひぎっ――」

短い悲鳴を上げて三人目は硬直――次の瞬間、その姿勢のまま、棒の様に倒れていた。

「――見事」

「先生のご指導の賜物です」

と振り返って評してきたジンに、ルーシャが微笑して応じる。〈雷鞭〉の魔術を、クリフォードに届かない様に、狙いと威力を調整して放ったのは、言うまでもなく彼女だ。

「リネットもよくやった」

〈爆槌〉の魔術は、リネットが最初に覚えたものだが、彼女はその後も精進を続けてその制御精度を高めている。

一見、大雑把な攻撃方法にも見えるが、リネットが自分の魔術がクリフォードらを傷つける事の無いぎりぎりの位置を見極めていた事に、ジンは気が付いていた。

「言いつけ通り、基礎の鍛錬もおろそかにしてないな」

「あ、ありがとうございます」

と——褒められるルーシャを羨ましそうに見ていたリネットも、そう評されて慌てた様に礼を述べてくる。

そして——

「お……お前……達は……？」

出血が酷いのか、青ざめた顔でそう問うてくるのは、クリフォード皇太子である。

「ガランド侯爵と申します。皇太子殿下」

ジンはクリフォードの前に跪いてそう告げる。

「そして危急の折につき御無礼——」

言ってクリフォードの傷を診ようとしたその矢先。

「殿下！　皇妃様！　ご無事で⁉」

先の三人とは別の——恐らくは真っ当な近衛騎士達が、抜剣して駆けつけてきた。

●

大騒動になった建国記念日から——三日後。

「……一体何をしたですか」

と、朝食の席で呆れた様に問うてきたのは、ユリシアである。

彼女の手には一枚の書状が在った。

側近として皇帝に仕えている彼女の叔母――スミス家の本家筋から来たという手紙である。白い紙面の端には、それが公式なヴァルデマル皇国政府からのものであるという紋章印がくっきりと押されていた。

「何と言われてもな」

とリネット特製の挽肉と野菜の卵巻きを食べながらジンは眉を顰めた。

「近衛騎士を装った不埒者が皇族を襲ったんで、これをリネットやミニエンの令嬢――ルーシャと一緒に排除した」

「それは聞きましたが」

とユリシアは言って――ふと思い出した様子で人差し指をくるくると回しながらこう付け加えてきた。

「ああ、それと。騒動の犯人は近衛を装っていた、のではなくて、本物の近衛騎士だったらしいですよ」

「……………」

ジンとリネットは顔を見合わせる。

本来……皇族を守る筈の近衛騎士が、あろう事か、殺す側として襲ってきた。

それはつまり、近衛騎士団の存在理由に関わる大事ではないのか。最後の一線で信頼が在るからこそ、近衛騎士は武器を片手に皇族の傍に侍る事を許されているのだから。

「最終的に若様が殺した一人以外も、自決したそうです。というか情報漏洩を警戒して、最初から遅効性の毒をあおって事に臨んだらしく……」

「ああ……まあ、よくある手ではあるが」

「よ、よくあるんです⁉」

と驚いているのは、こちらの『業界』事情には今ひとつ疎いリネットである。

「死体は雇い主の名を吐かないからな」

とジンは平然と言った。

「具体的には――溶け出すのに半日ばかりかかる『殻』の中に入った毒物を飲んでおくんだ。暗殺が上手く行けば解毒剤――中和剤を飲めば良いだけだ。まあ二流の暗殺者に雇い主が強いる場合が多いな」

「はぁ……」

「元々雑な手口だとは思ったが。つまりあの連中は本職の暗殺者ではなかった――というか実際に近衛騎士だった訳だが」

多くてもたかが三人を殺す為だけに、事が大袈裟、大掛かりすぎる。もしジンが依頼されたとしたら、あんな不確定要素の多すぎる方法は絶対に採らないだろう。

「で、書状の内容なのですが――」

ユリシアは世間話でもしているかの様に緊張感の無い口調で話を戻してきた。

「皇帝陛下が、改めて話をお聞きになりたい、そうです。皇太子殿下や皇妃様が、若様らの御活躍について話されたようで――」

「……それなら皇太子殿下からの書状が来そうなものだが」

腹を刺されていたクリフォード皇太子の応急処置を、その後、駆けつけた近衛騎士や皇室関係者に任せてジン達は早々に退散してきた。

近衛騎士達からしてみれば、むしろ襲撃者はジン達に見えても不思議は無く、細かい説明をするのはひどく面倒に思えたからだ。クリフォード皇太子が失神する前に、『襲ってきたのはそちらの近衛騎士達だ』と証言してくれなければ、一悶着あったかもしれない。

「何にせよ手紙は叔母様からですが、呼び出しの――招喚の名義人は皇帝陛下ですよ。陛下は長い事、病床に伏しておられるので、恐らくは叔母が代筆したのでしょうが」

「面倒な……」

とジンは溜息をつくが、このヴァルデマル皇国に住む人間として、そして何より皇国貴族の端くれとして、皇帝の名義での、名指しの招喚を無視するのは難しい。

「期日は？」

「可及的速やかに、だそうですが」

「……仕方ない」

ジンは食事の手を止め口元を拭きながら言った。

「リネット、今日は一旦、登校してからルーシャにも声を掛けて三人で早退するぞ」

「——え？」

とリネットはきょとんとした表情を浮かべる。

「わ、私とルーシャも、ですか？」

「あの現場にいたんだから当然だろう」

「書状にも『魔剣術を修めたという姫騎士二人も同伴されたし』と」

と言いながらユリシアが手紙を示す。

「ひ、姫騎士⁉　で、でも、わ、私——」

元ホーグ子爵家、現ガランド侯爵家令嬢、といってもリネット自身は何の権力も役職も持たない単なる小娘一人にすぎない。いきなり皇宮に呼び出されたならば、戸惑うのも当然である――が。

「そういう訳でリネット。相手は皇太子殿下お二人と皇妃様です。あるいは皇帝陛下に直にお目通りする事もあるやも。なので、くれぐれも粗相の無いように注意するですよ？」

「ひあっ……!?」

リネットは表情を引き攣らせて束の間、固まっていたが。

「……ジ……ジン……先生？」

「まあ転んだり、一礼した時に頭を机にぶつけないようにな」

救いを求めるような目を向けたジンにまでそう言われ――彼女はしばし、朝の食卓に突っ伏して懊悩していた。

第2章　自爆兵器

ヴァルデマル皇国――首都ヴァラポラス。

この都市には、皇帝の御座所たる皇宮は勿論――他にも幾つかの離宮が点在している。

皇宮は首都と同じ『ヴァラポラス』の名を冠されているが……統治制度の複雑化と拡大に伴い、皇族の住居というよりも、ヴァルデマルの政治中枢としての役割を求められる事が多くなってきた。

この為にヴァラポラス宮とは別に単純な住居としての機能を果たす離宮が改めて設けられているのである。

夏の避暑を目的として用意された北のボスレン離宮の様に――皇帝とその家族が各季節を過ごす、別荘の如き扱いの宮殿もあれば、成人した皇帝の血族が、独立して改めて居を構える為の宮殿もある。

ベニントン宮もその一つである。

此処は第一皇太子クリフォードが十七歳となって成人した際与えられた、彼の『家』であるが……前述の様にヴァラポラス宮が政治中枢としての役割が増えてきた事に伴い、第二皇太子デイヴィッドとその母であるオーガスタ妃もこちらに移ってきたという。

基本的にクリフォードが東館、デイヴィッドとオーガスタが西館に住んでおり、結果としてヴァルデマル今上皇帝が一人、ヴァラポラス宮に――『仕事場』に別居している様な状態である。

「ルーシャ……」

「……なに？」

「どうしてこうなったのかな……」

「……むしろ私が訊きたいのだけど」

ベニントン宮東館――クリフォード第一皇太子の寝室に程近い廊下。

そこにリネットとルーシャの姿は在った。

共に身に帯びているのは姫騎士風仕立ての戦装束……以前、学院での模擬戦の際に二人が着ていた、そして先日の建国記念日の式典の際にもまとっていた衣裳である。

リネットが白を基調とした衣裳なのに対し、ルーシャは青を基調とした衣裳になっている。二人が並ぶと実に凛々しく清々しい印象だ。

彼女らの腰には魔導機剣と破魔剣がそれぞれ提げられており、彼女等が単に皇太子殿下の『家』に客として招かれている訳ではないのは、それだけを見ても分かる。

「あの、ジン先生――」

とリネットは少し離れた所に立っているジンに呼び掛けるが。

「………………」

彼は聞こえていないのか、それとも応じるつもりが無いのか、何の反応も示さない。

ちなみに彼は彼で教師として学院にいる時の白い衣裳なのだが、元々黒ずくめを好む彼からすれば、学院外までこの恰好というのが面白くないのかもしれない。

で――

「――君達」

がちゃりと音を立てて部屋の扉が開く。

そこから顔を出したのは当然、クリフォード皇太子殿下その人である訳だが――

「そんな所に突っ立っていては疲れるだろう？」

ともすれば女と見紛う様な美形の皇太子は、柔らかな笑みを浮かべてリネットとルーシャにそう声を掛けてきた。

寝所から出てきた割には、着ているのは寝間着ではなく、普段着――それも高い襟をきっちりと閉めた服装だ。

貴人は些細な着替え一つにも使用人に手伝わせるというが……クリフォードが誰かを呼んだ形跡がない事を思えば、これは自分で着替えたのだろうか。

(そういえば、この離宮……意外に人が少ないみたいだけど)

ふとリネットはそんな事を思う。

貴族の屋敷では、多いと百人を超える使用人を抱えている場合が在るが……それに比べればこのベニントン離宮の使用人は、家政婦や庭師を含めて全部で二十人程度、規模に比べると妙に少ない。その上、執事はおらず、仕事は家政婦長が兼任、普通なら力仕事が多くて男性が務める場合がほとんどの庭師ですら、珍しく女性が就いている状態だ。

(本当に女の人が好きなんだ……)

要するにクリフォードの『男嫌い』が過ぎて、なんでもかんでも身の回りの役職に女性を使いたがる為、二十人程度しか集められなかったのだ、ともいえる。

ともあれ――

「警護するのも同じ部屋の方が楽だろう?」

「……えっ?」

とリネットは驚き、ルーシャは眉を顰める。

「さあ、二人共遠慮せずに入りなさい。私も療養の身となると、少々退屈していてね、可愛らしい娘達とのお喋りで気を紛らわせたいのだ」

そう言ってクリフォードは、右腕を伸ばしてリネットの肩を抱き、更に左腕を伸ばしてルーシャの腰を抱くと、二人を自分の部屋に招き入れようとする。

(うわっ…………!?)

服越しであるとはいえ、年頃の娘の身体に触れるのに、一切の躊躇が無い。クリフォードは『お喋り』といっているが、果たしてそれだけで済むかどうかは甚だ怪しかった。

「あ、あの、こ、皇太子殿下!?」

「私達は、その様な役割を期待されてこの場に居るのではありません」

リネットはひたすら慌てて——さすがのルーシャも若干、表情に戸惑いが濃い。

「それに殿下はお怪我をなさっておいでです。完治までは、あまり動き回られない方がよろしいかと——」

「君達は私の命の恩人だろう、改めて親睦を深めたいのだよ」

そう言って益々強く二人の少女を抱き寄せるクリフォード。

元々容姿端麗な上に、第一皇太子という身分まであるとなると、大抵の女性はその誘いを断り辛い。貴族社会に広がっている噂からすれば、クリフォードは、女というものは自分が口説けば例外なく『落ちる』、多少身持ちの固い娘でも、強引に迫れば最終的には自分のものになる、と思っている節が在った。

「ジン先生……！」

救いを求める様にジンの方を改めて見るリネットだが――

「…………」

ジンはといえば、教え子達の方を一瞥（いちべつ）しただけで、特に何を言うでも何をするでもない。

まるで彫像（ちょうぞう）の様に廊下の片隅（かたすみ）に立っているだけだ。

さすがの彼も相手が皇太子とあっては口を挟（はさ）めないのか。

あるいは――

「ジン先生！」

さすがに我慢（がまん）の限界が来たのか、悲鳴じみた声をルーシャが上げる。

「ジン先生からも殿下にお伝えください！　私達はあくまで殿下の身をお守りする為に此処にいるのであって――」

「……ジン先生？　ああ」

と、初めてジンの存在に気が付いたかの様にクリフォードは彼の方に目を向ける。

一瞬（いっしゅん）、その秀麗（しゅうれい）な顔をしかめたのは、ベニントン宮に男の姿が在る事を不快に感じたからだろうか。

「……ガランド侯、だったか？」

「――はい。殿下」

クリフォードに名を呼ばれ、そこで初めてジンは視線をリネット等に向けて声を発した。

「使い走りの様な真似をさせて申し訳ないが、侍女らに朝食を――いや、お茶とお茶請けを持ってくる様に伝えてくれないか。お茶請けは堅焼麦餅がいい。杏子の甘果煮をたっぷりと添えて。三人……いや、四人分か？」

「――四人分？」

「私と、彼女らと、君の分だよ」

無表情に問うジンに、クリフォードは緩い笑みを浮かべて応じる。

「君も一緒であれば、彼女らは安心して私の部屋に入ってくれるだろう？」

どうあってもリネットとルーシャを自分の部屋に招きたいらしい。

何をそんなに気に入ったのか、傍目にはよくわからないが……あるいは命の恩人だからというのは本当の事なのかもしれない。『男嫌い』の節を曲げてまで二人との親睦を深めたいという事か。

「………」

ジンは束の間、第一皇太子の秀麗な顔を眺めていたが――

「承りました。では、後ほど」

そう言って一礼した。

●

昨日——ジンがヴァラポラス皇宮に呼び出された際。

ジン達は先ず謁見の間に呼び出され、玉座ではなく長椅子に身を横たえたヴァルデマル今上皇帝と、顔を合わす事となった。

ヴァルデマル今上皇帝は去年から体調を崩しており、伏せがちだとはジンも聞き及んでいたが、今では立って歩く事にすら難儀する状態であるらしい。

そんな皇帝の左右には数名の重臣達、更に騎士団長と数名の近衛騎士が侍っている。

先日の、騎士団員による皇太子らの襲撃は事の外、騎士団長に心労を与えている様で——その目元には不眠を示す隈が生じていた。

意外な事だが、この場にはクリフォードもデイヴィッドも、オーガスタの姿も無かった。

当事者である彼等からは既に話を聞き終えているので、必要ないという判断だろうか。

「まずは我が妃と息子達を助けてくれた事、礼を言う」

鷹揚な口調で皇帝がそう告げてくる。

「改めて、事の顛末を卿らの口から聞きたい」

それからはひたすら委縮しているリネットとルーシャの気配を背中で感じながら、ジンが子細に当時の状況を口頭で説明した。

突如生じた白煙による現場の混乱。

嫌な予感がした為に、無礼を承知でヴァルデマル宮内に侵入。

結果として不埒者達が皇太子らを襲っている現場に遭遇。

魔剣士三人という戦力で襲撃者達を撃退した——と。

「——ふむ」

皇帝や重臣らは小さく頷きながらジンの話を聞いていたが、既に他の者から聞いた話と齟齬は無かったか、何か更に問い質す事も無く、納得した様だった。

更にリネットとルーシャに対してもジンの話した内容に相違ないかの確認が何度か。勿論、二人はただただ頷くばかりである。

そして——

「——ガランド侯。卿はもう少し残ってくれ」

謁見は終わったという事で、ジン達が部屋を出ようとした際——ふと思いついた様子で皇帝が声を掛けてくる。

「――私に未だ何か御用でも？」

何度もリネットらが振り返りつつも、近衛騎士達に促されて謁見の間を出ていく姿を見送ってから――ジンは改めて皇帝に向き直った。

口調こそ丁寧だが眼は半眼に細められ、何かを疑う様な表情が彼の顔には浮かんでいる。再び膝をつくでもなく、むしろ棒立ちで、相手を礼賛する体勢ではない。

皇帝に対して示すには少々不遜に過ぎる態度だ。

「貴様――陛下に無礼な」

と皇帝の脇に侍っていた騎士団長が表情を強ばらせる。

「構わん。ガランド侯は我が息子二人と皇妃の命の恩人であろう。多少の事は大目に見よう」

と皇帝本人に言われては、騎士団長もそれ以上は何も言えないのだろう。彼は頬を引きつらせながらも頭を下げて黙り込んだ。

（まあ、先日の事件、近衛騎士団の失態だといわれれば、そこまでだからな……）

先にユリシアが言っていた通り、皇太子らを襲撃したのは、本物の、現役の騎士団員達であった。最初の煙幕を発生させたのも、三人の襲撃者とは異なるが、やはり正規の近衛騎士団員で……彼らを取り仕切っていたのは、副団長の地位にある男だったという。

騎士団長の面目は丸潰れだ。だからこそ彼は、近衛騎士に代わって皇太子達を救ってのけたジン達の存在を快く思っていないのだろう。

「ましてやガランド侯は、代々、我が皇室とは浅からぬ縁。血縁こそ無いものの、百年を超える永い付き合いだ」

ヴァルデマル皇帝は――一転してざっくばらんな物言いでそう告げた。

「初代ガランド侯爵は『魔王殺し』の英雄である故な」

「――ガランド侯。恥を忍んで申し上げますが、現状、近衛騎士団は、皇室の警護役としての役目を果たせる状態にありません」

俯いたままの近衛騎士団長の代わりに、そう告げてきたのは、皇帝の脇に侍っていた重臣の一人――銀縁眼鏡をかけた初老の女性、サマラ・スミスであった。

その姓から分かる通り、ユリシアの言う『叔母様』であり、代々皇国の重臣を務め上げてきたスミス本家の現当主である。

「先の一件で死亡者十七名、負傷者八十七名、そして反逆者二十五名。これに加えて残る二百名余りの騎士団員も、どこまで信用できるか分からない状態です」

サマラによると……実行犯であった『反逆者』の騎士達は、襲撃が失敗に終わった後、いずれも死亡してしまい、事件の背景が未だによくわかっていないのだという。

この為、『裏切者』が自殺した二十五名の他に未だ残っているかどうかすらも分からないのだ。急遽、皇室は騎士団員全員の身辺調査を進めているが、疑われている騎士団側は非協力的で進捗は、あまりはかばかしくないのだとか。

「陛下の警護はさておき、ベニントン宮の皇太子殿下らや、オーガスタ妃の身辺警護には明らかに手が足らないのです。特にクリフォード殿下は――」

男嫌い、女好きで有名な第一皇太子は、身辺警護の騎士からベニントン宮の使用人に至るまで、全て女性で統一しているという。

近衛騎士団の中でも若い女性騎士となると元々その数は極めて少なく、クリフォードに専従していた四人の女性騎士は、襲撃の際に全員殺害されている。

つまり『代わり』が居ないのだ。

「故に陛下としては、ガランド侯爵、貴方に皇太子殿下らの身辺警護を任せたいと。事件に際し、皇太子殿下らをお守りした貴方ならば、信用出来るというお考えなのですよ」

「……辞退させていただきたい」

とジンは物憂げな表情でそう答えた。

「そもそも、一度ばかり殿下らのお命を守ったからといって、信用なさるなど、迂闊でありましょう。先の襲撃が、皇帝陛下の信を得る為の一手であった場合、まんまとそれにはまった事になる」

「貴様――」

また騎士団長が怒りの表情を露わにするが、皇帝が片手を挙げてこれを制した。

「まるで実は自分こそが襲撃の主犯であるとでも言うかの様だな、ガランド侯」

「そういう可能性は考慮された方が良いという話ですよ」

とジンは素っ気ない口調で言った。

敢えて雑な――失敗すると分かっているかの様な襲撃を捨て駒に実行させ、これを阻止させる事で、本命の暗殺者が対象に近づけるだけの信用を関係者から得る……そういうやり方もあるのだ。

「クリフォード殿下からお話を聞く限り、あの日、あの場で、貴方は殿下らを殺してしまう事だって出来た。わざわざ皇帝陛下や殿下らの信用を得なくても、貴方が殿下らのお命を狙う暗殺者なら、今、我々はこの場でこんな話をしている筈が無い、違いますか？」

「…………」

黙り込むジン。

さすがにユリシアの叔母である。魔術の腕前はユリシアと比べるべくもないが、小理屈屁理屈をこねくらせたら天下一品、ジンではとても対抗しきれない。

「事件の背景が分かるまでで良い」

とサマラの言葉の後を継いで皇帝が言った。

「どうか、我が子等を、我が妃を、守ってはくれんか？」

「………」

ジンは溜息をついた。

皇帝の立場からすれば、はっきり拒否は許さんと命令を下せば良いのだが――そうしていない。それはつまり、皇帝の『誠意』なのだとも言える。主君として臣下に強制するのではなく、一個人、一人の父親、一人の夫として家族を守る為に、それが可能な者に頭を下げているのだ。

こうまでされては本当に断りづらいのだが――

「陛下、スミス殿、やはり――やはりこの様な若造など信用なりません！」

そう怒鳴って一歩前に出るのは騎士団長である。

彼は改めて魔導機杖とそれに取り付けた杖剣を構えながら、ジンを睨んできた。

「せめて、せめてその資質、我が目で確かめさせていただきたい！　さもなくば此度の事件で、身を挺して皇族の方々をお守りした我が部下達も浮かばれません！」

「結局、殿下らのお命を守ったのは、ガランド侯とその連れの少女達であって、貴方の部下は守り切れていなかった訳ですが」

「………っ！」

ぎり、と歯を噛みしめてサマラを睨む騎士団長だが――

「今、この場でか？」

「無論であります！」

皇帝の問いに騎士団長は即答した。

「我等、皇族の方々の御身を守る事こそが職務なれば、皇宮の内であろうと、何時如何なる時であろうと、戦えねば意味が無い！」

「………」

ジンは――短く溜息をつくと騎士団長に向き直った。

「それで満足なさるならどうぞ」

「おう！」

騎士団長は腰に剣を提げてはいるが、そちらには手を掛けず、携帯用の魔導機杖を掲げ、これを操作した。

早い。愚直に延々と訓練を繰り返さねばこうはなるまい。

そして次の瞬間――

「～～撃て・〈雷鞭〉！」

騎士団長はジンに向けて雷撃の魔術を放っていた。

先の事件の際にもルーシャが使ったのと同じものである。攻撃魔術としては何かと使い勝手が良く、周囲に被害を及ぼす事も少ないので、特定個人を攻撃する場合には定番だ。

だが――

「魔剣術だなんだと言っても、所詮は――……なっ⁉」

先手必勝、と思い込んで勝ち誇ろうとした騎士団長は、しかし次の瞬間、驚愕にその表情を引きつらせていた。

「なんだと……⁉」

いつの間にか、ジンが目の前にいて――抜き放った長剣〈影斬〉で斬りつけてきたからである。騎士団長は咄嗟に魔導機杖に付属の杖剣を展開し、これを受け止めはしたが。

「……ほう」

対してジンはわずかに目を細めて呟く。

『異界の勇者』の末裔たる彼に対して魔術が効かないのはいつもの事、ジン自身は勿論だが、皇帝にもサマラにも驚いた様子は無い。

ただ――

「今のを止めるか。流石」

良くも悪くもジンは一撃で終わらせるつもりだったのだ。

〈雷鞭〉の魔術に欠点が在るとすれば、それは、発動の際に閃光を放つ為、攻撃する側も一瞬ながら視界が利かなくなる点である。

勿論、目を焼かれるのを警戒して慣れた使い手は一瞬、目を瞑る。

いずれにせよ、〈雷鞭〉は使った直後に隙が出来るのだ。

ジンはその隙に抜いた〈影斬〉で騎士団長に峰打ちして倒す算段をしていたのだが。

騎士団長はジンの殺気か、〈影斬〉の空を裂く音か、いずれにせよ『目で見て』ではなく、それ以外の方法で攻撃を察知してこれを防いで見せたのである。

勿論、それなりの武術の心得が無ければとても無理な芸当である。

騎士団長の肩書きは伊達では無い――という事だろう。

この魔術万能の時代、魔術を用いない通常の戦闘技術は、とかく下に見られがちだ。だが伝統を重んじる近衛騎士団では、杖剣術についても修練を積んでいるのかもしれない。

だからといって、その事に感じ入って、ここで勝ちを譲ってやる義理も無い訳だが。

「…………」

ジンは――攻勢に出た。

騎士団長が次の魔術を扱う余裕を与えないよう、矢継ぎ早に〈影斬〉での斬撃を繰り出していく。振りかぶっての大技ではなく、手首の捻りを使った小技の連撃。

甲高い鋼の悲鳴が繰り返し謁見の間に響く。

（……リネットに剣術を教えていたのが、意外な所で役に立ったな）

と胸の内で苦笑するジンだが、勿論、表情には出さない。

元々、暗殺者が相手と何度も手数を重ねて打ち合う様な事は無い筈なのだ。暗殺の理想は背後から急所を一突き。むしろ刃を交えている時点で暗殺は失敗しているとみて良い。

だからジンも普段は、この手の小技を鍛錬する機会は少ない。

ただ、リネットに剣術を教える際――特に破魔剣による魔術の無効化の為に、素早い剣の翻し、切り返しが必要であった為、ジンはこの半年ばかり、自ら頻繁にこの種の連撃技を、毎日の鍛錬の中に組み込んでいたのである。

（しかし……この騎士団長が使い手なのは喜ばしいとしても、あまり手間暇を掛けていては、話がこじれるばかりか）

そう判断したジンは、早々に真っ当な打ち合いを切りあげる事にした。

高々と響く金属の悲鳴。

ジンの手から〈影斬〉が離れて空中に撥ね上げられる。

「勝っ――」

騎士団長は勝利を確信した事だろう。

だがそれはジンの罠だった。

ジンは――敢えて〈影斬〉を手放したのだ。

とどめとばかりに杖剣で突いてくる騎士団長に――無手のジンは一歩前に踏み出しながら、身体を捻ってその刺突を避ける。肩を掠める杖剣の気配を感じながら、ジンは身体を捻る動きから、単純な蹴り技に繋げていた。

ジンの靴の爪先が騎士団長の腹部に食い込む――が。

「ふんっ！」

騎士団長は鍛え上げた腹筋に力を込めてジンの蹴りを受け止めていた。

さして蹴りが効いた様子は無い。だが当然、腹筋を締めた事で騎士団長の動きは一瞬ながら止まっていた。

そこに落ちてくる――〈影斬〉。

「――！」

勿論、ただ落下してきただけの刃物に、人体を深く切り裂くだけの力は無い。だが刃物が眼の前に突如として出現した事で、騎士団長の集中は途切れていた。

「──ッ！」

ジンは更に踏み出しながら半回転。

相手の杖剣がまともに振るえない程の至近距離に、文字通り肉薄すると、彼は騎士団長の胸に回転の勢いを乗せた左の肘打ちを叩き込んで──これまた文字通りに間髪容れず、右の掌を左の拳に叩き付ける。

既に騎士団長の胸に食い込んでいた肘を介し、追い打ちをかける様にして押し込まれる、駄目押しの衝撃。

「ぐはっ⁉」

騎士団長が塊の様な息を吐く。

そして──

「──そこまで」

騎士団長が仰向けに倒れたのを見て、皇帝がそう告げた。

「……申し訳ありません」

とジンは溜息交じりに言った。

「手加減出来る様な相手では、ありませんでしたので」

「で、あろうな」

と皇帝は苦笑する。

ジン達の視線の先では、騎士団長が床の上で悶絶している。先の手応えからして、肋骨の一本や二本は折れているだろう。下手をすると折れた肋骨が肺に刺さっている可能性もある。間違いなく重傷だ。

つまり——

「ガランド侯……これ以上、人手を減らされては困るのですが」

サマラが呆れた様に言う。

「…………」

ジンは顔をしかめてサマラに目を向けた。

老獪なスミス家の女当主は、しかしジンの視線を受けて、薄い笑みを浮かべている。

騎士団長を負傷させた以上、ジンとしては警護役を引き受けなければ筋が通らなくなってしまった。あるいはこうなるのを最初からサマラは予測していたのかもしれない。彼女の言動は騎士団長を焚き付けていたとも思えるものだった。

「してやられたか……さすがはユリシアの叔母だな」

呟いてから、ジンは改めてサマラに言った。

「かくなる上は私にお断りする事は出来ますまい。しかし私は——高いですよ？」

「勿論、報酬は充分に用意しよう」

と答えたのは皇帝の方だった。

「他にも何か必要な事があれば可能な限り便宜は図る。それで良いかな？」

「………御意」

尚も悶絶している騎士団長の脇に膝をつき、負傷具合を調べながらジンは——そう答えるしかなかった。

●

——そういう訳で。

ジンはしばらくの間、リネットらと共に皇太子二人と皇妃一人の警護役として、ベニントン宮に詰める事になったのだが。

「それは分かりましたけど」

クリフォード殿下の『朝のお茶会』を終えた後。

さすがに細かい裏事情は——特に近衛騎士団長との決闘の下りは——リネットらに伏せ

た上で、ジンは改めて事の次第を語って聞かせた。

何しろ彼女等は今日、ウェブリン女学院に登校してすぐ、ジンと学院長から呼び出され、姫騎士衣裳に着替えてベニントン宮に向かうように命じられただけで、背後にどういう経緯が在ったのか、全く報されていなかったのである。

勿論、これは機密保持という意味もあったのだろうが。

「何故、私達なのですか？」

と尋ねるのはリネット——ではなくてルーシャである。

今、ジン、リネット、そしてルーシャの三名は、クリフォードの自室の廊下を挟んで向かいに在る使用人控室で待機中である。元々は家政婦が一人か二人常駐してクリフォードから用事を言い渡されるのを待つ為の場所なのだが、ジンらが来てからは、魔剣士達の控室という事になっている。

何かあれば一瞬でクリフォードの自室に駆けつけられるからだ。

「建国記念日の『活躍』を事の他、クリフォード殿下が評価されたという事でしょうね」

とジンは『ジン先生』の仮面を被って——朗らかな笑みを浮かべてそう告げた。

「そんな理由で……？」

とつぶやくのはリネットである。

彼女は椅子に座っているが、ぐったりとしていて今にもそのままずるずると床に崩れ落ちそうである。クリフォードから『朝のお茶会』の間中、肩を抱かれたりあちらこちらを撫でまわされたりした為か……ジンも初めて見る種類の疲弊ぶりを示していた。

単に乙女としては会ったばかりの異性にあちこち触れられるのは恥ずかしい、嫌だ、という事もあるのだろう。

だがそれ以上に、相手は皇位継承権第一位の皇太子……迂闊な反応をすれば、どんなお叱りを受けるか分かったものではないわけで、普段から粗相の多いリネットは、生きた心地がしなかったに違いない。

「確かに私達は、あの時、現場にいて襲撃者を撃退するお手伝いをしましたが……」

ルーシャもいつもと同じ様に見えて、しかし若干、その口調に疲労が滲んでいる。気の強い彼女は、ジンの前で疲弊した様子を見せたくないのだろう。

「私達は未だ学生で……」

確かにリネットらをいきなり警護役に駆り出すのはかなり無茶な話である。近衛騎士団が十全に機能しておらず手が足りないといっても、ヴァルデマル皇国軍なり、警士や衛士といった、もっと『本職』の人間を呼ぶべきであろう。

ちなみにリネットとルーシャを除く四名は、西館にてデイヴィッドとオーガスタの警護にあたっている為、ここには居ない。ジンは東館と西館を行き来しながら、魔剣士の少女達を統括する役目だ。

この人員の割り振りはクリフォードの強い要望だったが――

「ルーシャ・ミニエン。貴女なら噂で聞いているかもしれませんが。クリフォード第一皇太子殿下は、女性遍歴が豊富というか……ありていに言えば、あまり女癖が良くないそうです」

ジンは――笑顔は維持したまま、感情を交えない、淡々とした口調で言った。

「元々むさ苦しい男が身近に侍るのは気に入らないという事で、自分の身辺警護には元々、女性騎士ばかりを採用していたのだとか。実際このベニントン宮も家政婦は勿論ですが、使用人は女性ばかりでしょう？」

「……警護の女性騎士の方々は？」

「ルーシャも見たでしょう？　建国記念日のあの騒ぎで全員殉職されましたよ」

「………」

言葉に詰まるルーシャ。

半年前に凄惨な現場を経験しているとはいえ、未だ二十歳にもならない少女、死体を見れば――その様子を思い出せば、臆して当然である。

「なのでまあ、その代わり、であるのでしょう」

とジンは肩を竦めて言った。

（しかし何故――とは以前から言われていたな）

クリフォードの女癖の悪さの話である。

彼はその一点を除けば、皇太子として――未来の皇帝として非の打ちどころのない優秀な人物だと聞く。容姿端麗という以上に、頭脳明晰で、皇帝が病床に伏してからは、皇国の政務の一端を担っているが、実にそつなく父の代役を務めているという。

（幼くして実母を亡くしたという事もあり、その女性観が歪んでいるのではないか――とも言われていたが）

なんにしても、身の回りを女性ばかりで固めるのは、そんなクリフォードの唯一といってもよい位の我が侭なのだとか。

女癖の悪い男というものは、しばしば、特定の女性に入れ込み、その影響で言動がおかしな方向に歪むという場合があるというが……クリフォードに限ってはそういう事も無いらしい。

良くも悪くも『女遊びに長けている』といった印象だ。

だからこそ皇帝も他の重臣達もこれを諫めにくい――という話だが。

「貴女達を連れてきたのも、皇室から正式に、ウェブリン女学院に要請が行ったからですよ。私の発案ではありません。ちなみに『院外授業』という形になっているので、欠席にはなりませんので、ご心配なく」

「ですがこのままでは私達は、その、『お手つき』にされてしまいます！」

とルーシャが訴えてくる。

「先生としては生徒の貞操を守る義務があるのではないですか？」

「それはその通りですが……」

と言ってジンは顎に指をあてて首を傾げて見せる。

「むしろここでお手つきになって玉の輿を狙うという手もありますよ？　ミニエン公爵の家柄ならば、皇妃も夢ではないでしょう？」

元々、公爵とは貴族の爵位序列における第一位であり、ヴァルデマル皇国においては、多くの場合、皇族ないしその血縁に与えられるものだ。

ジンの祖先である初代ガランド侯が、公爵ではなくその一つ下の侯爵であるのも、単に皇族と血縁ではないからである。

つまり家名こそ異なるものの、ルーシャは皇族の遠い親戚であり、血統を重んじる貴族社会においては、その血筋の良さから、いずれ『皇太子妃』あるいは『皇帝妃』にと縁談が持ち込まれる可能性も充分にある訳で。

「断固拒否です」

だがルーシャはきっぱりとそう言った。

「おや。クリフォード殿下はルーシャの好みではありませんか」

「お美しい方だとは思いますけれど、私は、皇妃の肩書きを、誰(だれ)かと争ってまで得たいとは思いませんし、それに――」

と何か言いかけて、ルーシャは黙り込む。

「それに？」

「…………」

何故かルーシャは上目遣(うわめづか)いにジンを睨んでいたが。

「なんでもありません」

「……ふむ。心に決めた相手でも居ますか」

「そ、そ、そんな事は、ない、ですけど？」

あるいは図星であったのか、珍しく慌(あわ)てた様子を見せるルーシャ。

そんな彼女(かのじょ)をしばらくジンは、小さく首を傾げて眺めていたが――

「……というか、君達は、気付いていないのですね」

目を向けた。

「何をです？」

と怪訝そうに尋ねてくるルーシャには答えず、ジンは椅子の上で放心状態のリネットに

「…………リネット？」

「あ、は、はい……？」

「お前も気がついていない？」

「え……何にですか？」

とリネットは顔を上げて目を瞬かせる。

「なるほど。気がついていないならそれでいい。いえ、むしろそれがいい……といった所でしょうか」

ジンは腕を組んで独り納得したかの様に頷いている。

「な、なんなんですか!?」

とさっぱり要領を得ないジンの物言いに、リネットも悲鳴じみた声を上げる。ジンは苦笑を浮かべて彼女に目を向けながら――

「……まあクリフォード殿下も、貴女達をお手つきにするつもりなら私を『御茶』に誘ったりはしないでしょう」

「――そういえば……」

男が身近に侍るのを嫌がって近衛騎士ですら女騎士で固めていたクリフォードにしては、ジンが近くに居る事にも、リネット等と共に『朝のお茶会』に同席する事にも、特に拒否感を持っている様子は無かった。

早々にリネット等に手を付けるつもりなら、立場的にも彼女等の教師であるジンは邪魔(じゃま)である筈なのだが。それとも、第一皇太子である自分の邪魔など、誰にも出来ないとたかをくくっているのか――

「あ、あの、ジン先生！」

何やら――こちらも珍(めずら)しく、決然と顔を上げてリネットは言う。

「お、お手つきになるなら、私はジン先生がいいです！」

「ちょっと……リネット⁉」

とルーシャが目を丸くしてリネットを見つめる。

「貴女、まさか――いえ、お手つき、の意味分かってる⁉」

「リネット。寝言(ねごと)は寝(ね)てから言いましょう」

何やらそれぞれの事情と思惑(おもわく)から顔を赤らめている二人の女生徒を眺めながら――ジンはあくまで『朗らかなジン先生』の仮面を被ったまま、そう言った。

「――デイヴィッド・ヴァルデマルである」

と――未だその容姿に幼さを多く残した少年は言った。

緩やかに波打つ赤毛の為か、頭が大きく見えて、より成長しきらぬ子供っぽさが強調されている。ぱっちりと開いた双眸は黒、卵の様な白さの顔の中で、頬の周りだけがほのかな赤みを帯びていた。

実に愛らしい。

皇太子として挨拶する為か、その表情を引き締めている様子も、背伸びをしている子供そのもので、見る者の微笑みを誘う。

しかも――

「貴女らが新たな近衛騎士であるか?」

目の前に跪いて並んだ少女達にそう尋ねた直後――ふっと第二皇太子デイヴィッドはその表情を緩めて笑顔を見せた。

「皇太子といえど、私は兄上と異なり、未だ成人の儀も経ておらぬ非力な子供、己の身を守る術もろくに持ち合わせておらぬ。それ故に貴女らの手を煩わせる事もあるかと思うが、どうか、母上共々よろしく頼む」

「……ぎょ……御意っ！」

四人の少女はそう言って頭を垂れた——が。

どちらかといえば彼女等は皇族に対する畏敬からというより、デイヴィッドの愛らしさを前にして、直視し続けるのが難しかったが故に、視線を逸らした感が在る。

俯く彼女等の耳はいずれも真っ赤に染まっていた。

(これは……兄弟揃って相当な……)

壁際で様子を見ていたジンは内心で苦笑しながらそんな事を思う。

デイヴィッドとオーガスタを警護する四人は、リネットとルーシャの後にジンの教導下に入った少女達である。

アリエル・キャリントン。

ローレル・ギムソン。

ヨランダ・マクローリン。

クララ・ヨーク。

いずれもウェブリン女学院に通う以上、名門と呼ばれる家の子女達であった。アリエルとクラーラはそれぞれ子爵位、男爵位の貴族、ローレルは豪商、ヨランダは魔術研究において代々名を残している賢門の娘だ。

（どの家の親も今回の『お勤め』に異を唱えてこなかったが――）

上手くやれれば皇族と姻戚関係を結ぶ事も可能――そんな思惑が各家の当主達にはあるのかもしれない。当然、少女達も多少なりとも言い含められてきた部分もあるだろう。

だからこそ、彼女等は最初から皇太子らに対して好意的に接するよう、自分に言い聞かせてきたのだろうが――いざ会ってみると、自分の予想以上にデイヴィッドが可愛らしいので、すっかり参ってしまった、といったところか。

「――母上」

ふと傍らのオーガスタ妃を見上げて首を傾げるデイヴィッド。

「挨拶はこの様な感じでよろしいでしょうか？」

どうやらデイヴィッドも多少緊張していたらしい。

人間関係は第一印象が肝心――だからこそ挨拶は大事。

そんな風に考えたのだろう。

「そうね。第二皇太子としては問題無いわね」

とオーガスタ妃は苦笑を浮かべて頷く。

「私と二人だけの時に、確認できればなお良かったのだけれど」

「――ああっ⁉」

と慌て気味に声を上げ――

「ええと、今のは聞かなかった事にしてくれると、その、助かります」

恥ずかしそうに眼を伏せて言うデイヴィッド。その様子がまた天真爛漫というか純真無垢というか――皇太子としての驕った部分がまるで感じられない。

少女達は跪いて俯いたまま、何かを堪える様に震えていた。

「――皆さん」

オーガスタ妃はデイヴィッドの横に並ぶと、少女達の前で自身も膝をついて言った。

「お疲れ様。どうか気を楽に」

「……⁉」

これまた皇妃らしからぬ振る舞いに、少女達が驚いた様に顔を上げる。

「クリフォード殿下の我が侭で駆り出されたのでしょう？　聞けばウェブリン女学院の生徒だとか――」

「はい」

と一同を代表してアリエルが頷くのを見て、オーガスタは柔らかな笑みを浮かべた。

「私の後輩ね」

「――え？」

と少女達は目を瞬かせる。

どうやら初耳であったらしい。ジンは先にウェブリン女学院の学院長から話を聞いていたので、驚きはしなかったが。

オーガスタ妃はウェブリン女学院に在学中、とある貴族の主催する園遊会で皇帝に見初められ、皇室入りしたのだ。

「これが縁で、クリフォード殿下やこのデイヴィッドに嫁ぐ事もあるかもしれません。私からもどうかよろしくしてあげてとお願いします」

「も…………勿体ないお言葉……！」

と少女達はひたすら恐縮している。『そういう事もあるかも』と言い含められて此処に来ているのかもしれないが、いざ、面と向かって皇妃からそう言われれば、彼女等も恐れ入るしかないのだろう。

それに――

「――母上。私がこのお姉さん達の中の誰かと結婚を？」

きょとんとした表情でそう尋ねるデイヴィッド。

「そうかもしれない、というだけの事よ」

「そうですか。ええと――」

束の間、デイヴィッドは首を傾げて。

「よろしくお願いします……いや、お願い、する」

と多少戸惑いつつもそう言って一礼するデイヴィッド。

「…………！　…………!!」

少女達は『もう無理！』とでも言わんばかりに姫騎士装束の胸を押さえている。

（……確かオーガスタ妃はホランド男爵家の出だったか）

その様子を見ながらジンはそんな事を考える。

（下位貴族から皇室入りをしたという事で、当時、話題になったな）

良くも悪くも皇族や貴族の結婚は、家の『格』が影響する。

永いヴァルデマル皇国の歴史の中でも、男爵家から嫁いだ皇妃はオーガスタが初めてであった筈である。この為か、当時は、随分と皇室関係者に『虐められた』とも聞く。

皇帝や第一皇妃に何かと庇われていた様だが、それがまた反感を呼んだのだろう。

皇妃ともなればお付きの女官も貴族の子女である場合が多く、下手をするとオーガスタ妃よりも格上の伯爵家や子爵家の者達にやっかまれたのかもしれない。

（だからオーガスタ妃はあまり格式だの何だのにこだわらないと聞くな）

庶民派とまではいかずとも、大仰な虚礼を好まず、近衛の騎士達にもその鷹揚さから親しまれているという話だった。

（こちらの警護はそう苦労は無いか。とはいえ、いつまでもという訳にもいかない。早々に方を付けるのなら、俺の方でも手を打った方が――調べてみた方がいいかもしれない）

事件の背景については未だ何も分かっていない。

皇室に命じられた近衛騎士団の団員達がその面子を懸けて全力で調査をしているというが――同時に騎士団外の人間が調査に携わる事については、難色を示しているとも聞く。

あの種の組織は団結力や結束力の裏返しから、同輩に対する甘さで色々と徹底できない場合がしばしば在る。そもそも副団長が実行犯の一人だった時点で、近衛騎士団の自浄能力は勿論、調査能力にも疑問が残る。

彼等だけに任せておいては心許ない。

（……裏側から調べるなら……）

ウェブリン女学院にて、保健教諭を演じている女暗殺者の顔が、ジンの脳裏には浮かんでいた。

その日の――夜。

ジンは遅めの時間に入浴していた。

「…………はぁ」

やたらに広い湯船に身体を伸ばして浸かっていると、あちこちに蓄積した疲労の塊が溶けていく様で、自然とため息が漏れる。

実に贅沢な気分だった。

(うちの風呂は片隅しか使わないからな……)

勿論、ガランド侯爵邸にもこうした大きな風呂場は在るのだが。

住人がたったの三人しか居ないのに、本来の湯船に――泳ぎ回れる程の広さのそれに湯を張るのは無駄が多すぎる。ユリシアの魔術で湯を沸かす事は勿論出来るのだが、魔術はその効果の持続性が乏しい為、適温を維持するのが非常に面倒なのである。

そういう訳で普段、ジンは改めて風呂場の端に作った個人用の湯船で入浴を済ませているのだ。

(此処の風呂も使用人が魔術で沸かしているんだろうが……)

ベニントン宮の風呂場は――流石の規模である。

ガランド侯爵邸のそれと比較しても尚、広い。

しかもベニントン宮には三つの風呂場が在り、一つは東館のクリフォード専用、一つは西館のデイヴィッドやオーガスタ用、そしてもう一つがジンが今利用している使用人用のものだ。

本来の利用者達が使い終わるのを待って、入ったのだが――元々の湯量が多いせいか、改めて沸かした訳でもないのに、湯があまり冷めていない。

ちなみに入浴の順番をベニントン宮の使用人達に譲ったのは、全員女性で同じ時間に入る訳にいかなかった――という事もあるが、遠慮だけがその理由でもなく、彼等の生活の時間割を極力、普段のものから変えないようにと頼んだからだ。

（下手に『いつも』と違う生活をすると、そこに付け込まれる事が多いからな……）

もしジンがクリフォードらを狙う暗殺者なら、『普段と違う』事で生じた隙を突く。単に武力的な意味だけでなく、使用人達が異変に――普段の生活との些細な違いに、気付きにくいからだ。

（ともあれ、ヴァネッサ・ザウアに使いは出したが、さて――ここからどうするか）

たちこめる湯気の中でそんな事を考えていると。

「………？」

その向こうに人影が揺れた。

眉を顰めるジン。

脱衣所に人の気配が生じた事には早々に気がついていたが――彼が怪訝に思ったのは、その気配が誰のものなのか、人影の輪郭を見て気がついたからである。

「……え？」

次の瞬間――相手もジンの存在にようやく気づいたらしく、驚きの声を上げる。

「ガランド侯……!?」

「……」

ジンは目を細めて相手を――湯気の向こうのクリフォードを眺めた。

第一皇太子は、体の正面に大きめの手拭布をあてがって、立ち竦んでいるらしい。だが専用の浴場を持っているクリフォードが何故、わざわざこんな遅い時間に、使用人用の風呂場に来るのか――

「もう上がります故、お気になさらず」

そう言ってジンは湯船から出る。

「あ？　え？　あ、ああ、い、いや」

何故かクリフォードはジンから――ジンの裸体から視線を逸らし、動揺に震える声で言った。

「貴方が先客なんだ、遠慮する事は――」

「むしろ遠慮なさらずとも良いのは、そちらでは？」

クリフォードに歩いて近づきながらジンは言う。

「元々、貴方様の宮殿でありましょう。私がお借りしている身です。もっともこの風呂場は使用人用のものだそうですが」

「あ、ああ、まあ、そう――なのだが。専用の風呂場は、その、隣に家政婦達が控えていて、何かと落ち着かな……ああいや、違う、そうではなくて、だな」

とクリフォードは昼間とは打って変わって、奇妙に慌てた様子である。

ジンはその隣を通り過ぎながら――

「――一つ忠告を」

「え？　忠告？」

とやはりジンから目を逸らしているクリフォード。

その顔が赤いのは風呂場の温度のせいか、それとも――

「もう少し歩き方に注意を払われた方がよいでしょう、クリフォード殿下を演じるのならば」

「…………っ⁉」

驚いた様子でジンに視線を向けて――だがまた慌てて目を逸らすクリフォード。ジンは彼の方には目を向けず、脱衣所に向かって歩き続けながらこう付け加えた。

「骨格が……特に骨盤の形が違えば、歩き方もわずかながら変わる。どういう訳か、ベニントン宮の使用人達も、オーガスタ妃やデイヴィッド殿下ですらも気づいておられないようですが……武術を習得した人間ならば気づく恐れがあります」

「…………」

クリフォードは――いやクリフォードを演じているであろう何者かは、束の間、喘ぐ様にぱくぱくと口を開け閉めしていたが。

「……ちゅ、忠告、感謝…………します」

「いえ。ではごゆっくり」

今や驚きと焦りで、はっきりと立ち竦んでいるクリフォードをその場に残し……ジンは悠々と風呂場を後にした。

暗殺者稼業というものは人目を憚る仕事だ。

少なくともどこぞの御用聞きの様に各所を回って『暗殺の仕事ありませんか』と聞いて回る訳にもいかず、『暗殺請け負います』と看板を掲げておく訳にもいかない。

だからこそ職業暗殺者達は大抵『口入れ屋』と呼ばれる者と繋がりがある。貴族・庶民を問わず、広い人脈を活かして、裏稼業の需要を拾ってくる専門職である。

いわば暗殺者の斡旋業だ。

当然――彼等は表裏を問わず様々な事情に通じている。

「――というかさ」

ウェブリン女学院の保健教諭――という表の顔のその裏に、暗殺者としての顔を持っているヴァネッサ・ザウアは、馴染みの口入れ屋の所に出向いて、情報を集めていた。

「あんな大口の仕事があるなら回して欲しかったわよね」

「馬鹿抜かせ。お前さんの手に負える様な仕事じゃねえだろ」

と――初老で禿頭のその口入れ屋は、苦笑して言った。

表向きは客の少ない雑貨屋の主人、その実態は暗殺者の斡旋業者。

ヴァネッサに限らず何人もの裏稼業の人間と繋がっており、更にはその数十倍の広さで貴族から庶民まで様々な客層に手を広げている、いわば『やり手』だ。

　ヴァネッサは暗殺業に手を染め出した頃からの付き合いである。

「大体、『表の仕事』が忙しいからしばらく請けないって言ってただろうがよ？」

「ああ……まあねえ。意外と重労働なのよね、学校の先生」

　と苦笑するヴァネッサ。

「まともに学校なんて通った事無かったから、知らなかったわ」

「最初はヴァルデマルの言葉で読み書きすら出来なかったからな、お前さん」

　と口入れ屋も苦笑を返す。

「ともあれ。皇太子暗殺未遂のあの一件な」

「うん。結局、第一も第二も殺せないまま、皇妃も無傷って事で、失敗した訳でしょ？依頼者が何者か知らないけど、諦めてないなら――もう次の暗殺計画を立てて、実行者を探してるんじゃないの？」

　言うまでもなく、ヴァネッサは本気で皇太子や皇妃を暗殺する仕事をしたいと思っている訳ではない。ジンから依頼を受けて、あの暗殺未遂事件の背景を探っているだけの事だ。

「……権力闘争から、単にツラが気に入らないまで、人間が人間を殺す理由はいろいろだし、確かに皇族を暗殺したいやつは、売名目的から政治闘争、果ては逆恨みまで、山の様にいるだろうが……あの事件に限って言えば、ありゃ俺達の領分外だ」

「……というと？」

「恐らく、スカラザルン帝国の潜入工作部隊の仕業だぞ。半年前に、ウェブリン女学院を襲ったのと同じくな」

「……実行犯は近衛の騎士団員だったって聞いたけど？」

国民の動揺を抑える為に、近衛騎士の『裏切り』については伏せられたままだが、その気になれば、情報などはどこからでも拾ってくる事が出来る。

「それとも本物の騎士団員を殺してスカラザルン帝国の潜入工作部隊員が成り代わっていたという事？」

「途中経過はよく分からんがね」

口入れ屋は肩を竦める。

「第三国経由でスカラザルンからの、人や物の出入りが活発化してんだよ、あの暗殺未遂の前後でな。全く無関係ってことは無かろうよ」

本物の近衛騎士団員だとしても、人間には変わりなく——人間である以上は、欲が在り、金やら性愛やらで仕える主君や国家を裏切る者は、古来より枚挙に遑が無い。

とはいえ——

（なんで『今』なのかなのよね）

二年――いや三年前までヴァルデマル皇国はスカラザルン帝国と戦争をしていた。その最中ならば皇族の暗殺計画というものにもそれなりに意味が在ったかもしれない。

だが休戦中の今――それも皇帝ではなく皇太子や皇妃を狙う事にどれだけの意味が在るのか。勿論、たまたま準備が最近になってようやく整った、あるいは命令を下したものの気分次第だった、という事もあり得るのだろうが――

「うーん……まあいいわ。邪魔したわね」

曖昧（あいまい）に笑って話を切りあげると、ヴァネッサは席を立った。

●

スカラザルン帝国。

ヴァルデマル皇国の隣国（りんごく）にして永らくの――敵。

現在は『休戦』状態だがこれは極論してしまえば『次の戦争』の準備期間という以上の意味は無い。両国が対立関係を解消する事は恐らく無いであろうし、そんな未来を思い描く事が出来る人間はまずいない。

スカラザルン帝国は元々、権力闘争に――文字通りに血で血を洗うが如き凄惨な争いに敗れて、国外に逃亡したヴァルデマル皇国の皇族が興したものだ。

この為に建国時から彼の国はヴァルデマル皇国を敵視しており、今や『怨敵ヴァルデマル皇国滅ぼすべし』が国是にすらなっているという。

国民の一人一人が生まれた時からヴァルデマル皇国への憎悪を叩きこまれて育つ為、対立関係を解消するという発想そのものが出てこないか――出てきたとしても、周囲が圧し潰してしまうらしい。

「私の名は、ミラベル……ミラベル・アルタモンド、あるいはミラベル・ヴァルデマル」

とクリフォードは言った。

いや。違う。クリフォード第一皇太子本人ではない。その替え玉、身代わりとして演じている別人だ。

風呂場での遭遇の後、彼は――いや彼女は早々に入浴を切り上げ、髪を乾かす間も惜しむ様にしてジンにあてがわれていた客間にやってきた。

既に時刻は深夜、使用人の殆どは就寝しており、起きているのはジンとこのミラベルと名乗るクリフォード似の娘、そして交代で不寝番をしているリネットらだけだろう。

見とがめられる可能性が低い為か、ミラベルはクリフォードとしての恰好ではなく、ゆったりした寝間着姿である。あまりはっきりと体形が分かる衣裳ではないが、普段は下着か何かで押さえ込んでいる胸の膨らみだけは、はっきりとわかった。

「改めてガランド侯、貴方に謝罪を」

そう言ってミラベルは頭を下げる。

「私が望んだ事ではないけれど、貴方達を騙していた事に変わりはないから……」

そんな彼女をしばらくジンは半眼で眺めていたが。

「ヴァルデマル姓……つまりクリフォード殿下と貴女は」

「お察しのとおりの、双子」

とミラベルは自分の胸に手を当てて言った。

「ヴァルデマルでは――特に皇室関係者の間では、双子は忌み子なのはご存知よね？」

「それは無論」

とジンは頷く。

「スカラザルンの初代皇帝が、ヴァルデマル皇帝の双子の弟だったからだと聞いている」

「その通り。皇家の血筋において双子は争いの種、だから私も里子に出された」

双子は縁起が悪い、忌まわしい――そう考える皇室関係者は多いが。

皇帝の直系に双子が生まれた場合、どちらも尊き血筋である事に変わりはない為、殺して退ける事も躊躇われた。万が一に事故や病気で片方が死んだ場合、もう一人が皇位を継ぐ事が出来るからである。

故にミラベルは生まれてすぐに里子に出され、ヴァルデマル皇国貴族の末端であるアルタモンド子爵家の養子として育てられたのだそうだ。

「自分が皇帝陛下の子だって事を知ったのは八歳の時よ」

とミラベルはどこか遠い目をして言った。

「皇室から使者が来て……それ以後は、万が一の場合に備えて、クリフォード殿下の『影』としてふるまう事を求められた」

「……なるほど」

男女の違いはあれど元々が双子——顔が似ている以上、全く関係の無い人間を連れてきて身代わりに仕立てるよりは無理が無い、とでも考えたのだろう。

「割と頻繁に『入れ替わり』はしていたの」

とミラベルはちょっとした悪戯を打ち明けるかの様な、気安い口調でそう言った。

「ある日いきなりっていうのも無理な話だから、練習を兼ねてね。クリフォードと打ち合わせして、一日の間でも、昼と夜で入れ替わってみたり。この五年位は、いつ、どこで、どっちが『第一皇太子』をしていたか……細かい事は多分、クリフォードと私しか知らない」

「芸の細かい事だな……」

若干呆れながらジンはそう言った。

この話ぶりだと、使用人達は勿論、オーガスタやデイヴィッドすらこの『入れ替わり』に気づいていない可能性が高い。

さすがに皇帝やその側近はミラベルという『身代わり』の存在を認識はしているだろうが、それ以外の者には徹底的に『二人の第一皇太子』の事は伏せられてきたのだろう。

「わざわざこんな夜中に風呂に入ったのも――」

「クリフォード専用の風呂場だと、必ず家政婦が一人、背中を流しに来るから……女遊びはほどほどにしておいてって言ってたんだけどね」

と言ってミラベルは苦笑し、肩を竦める。

自分の素性を明かしたミラベルは、クリフォードとしての演技を止めて、先ほどから、ざっくばらんな喋り方をしている。

皇帝の嫡子としてなのか、あるいはアルタモンド家令嬢としてなのか――今のミラベルがどの身分を意識してジンと相対しているのかは微妙な所だが、いずれにせよ、高貴な身分の令嬢が、同じ貴族の当主に対してする態度とは言い難い。

クリフォードを何年も演じてきた彼女が、その辺の機微(きび)を理解していない筈(はず)もないだろうから、これは——敢(あ)えてだ。

（クリフォード殿下と同じく、頭は良い——か）

そんな事を考えるジン。

ミラベルはわざと気を使わない、庶民的(しょみんてき)な喋り方をして、ジンと親睦(しんぼく)を深めようとしている。自分から何もかもを暴露(ばくろ)してきたのもその一環(いっかん)なのだろう。

（つまり、俺を第一皇太子としての演技の『共犯者』にするつもりか）

ミラベルの、単なる知識の量や学問の成績については不明だが……現状を維持(いじ)する上で、ジンとの関係をどうすべきか、最善の方法を自分なりに考えて結論を出したという事だ。

無思考で自分の立場や地位に甘んじている者に出来る事ではない。

「本物のクリフォード殿下は今、何処(どこ)に？」

「ボスレン宮」

あっさりミラベルはそう答えた。

「思ったよりも傷が深かったみたいで。意識が未だ戻(もど)らないそうよ。だから御典医(ごてんい)をつけて北の離宮に匿(かくま)ったみたい」

クリフォードらの暗殺を計画した者達の眼を逸らす為……そして国民の間に皇室に対す

る不安や不信の感情が広がるのを防ぐ為、ミラベルが身代わりとしてベニントン宮で暮らし『第一皇太子は健在である』と主張しているという事だ。

「…………」

ジンは眉を顰めたまま、黙ってミラベルの話を聞いている。

彼女は事の次第をあっけらかんと語ってはいるが――

(双子でありながら、女性だという理由で皇帝の嫡子だと公的に認められる事も無く、双子の弟の身に何か在った際の予備として――いや双子の弟を護る為の囮として、育てられてきたという事だ)

その事についてミラベルは納得しているのか。

頭が悪いなら言われるがままに、ただ『影』を演じている事も出来るだろうが――

(……何にしてもこれは……)

囮という意味ではジン達もその一部なのだろう。

如何に機能不全に陥っているからといって、近衛騎士団を差し置いて『部外者』を警護役に据えたのは……別にジンら魔剣士の実力を認めたから、ではないのだ。

敵が、クリフォード暗殺に失敗したと知ればもう一度、仕掛けてくる可能性が高い。敵の眼をミラベルに引き付けながら、クリフォードの治療を進め、更には敵を挑発してその背景事情を洗い出そうとでも考えたか。

暗殺計画の黒幕を引きずり出す上で、以前のウェブリン女学院占拠事件で良くも悪くも有名になったジン達を護衛につけて、話題性を生み出すのも——人目を引くのも、重臣らの計略の内だろう。

「男女の差こそあれど、第一皇妃様がお遺しになられた、同じ皇帝の嫡子である筈なのに……クリフォード殿下とは、随分な扱いの差ですね」

「物心ついた頃から言い聞かせられてきたから、今更よ」

と言ってミラベルは笑う。

「義父や義母には——アルタモンド子爵家の人達には、良くして貰ったしね。それが『万が一』が起こった場合に皇帝陛下から賜る報償が目当ての優しさだったとしても」

「…………」

ジンは喉まで出かかった否定の言葉を呑み込んだ。

時に……人は自分で自分を騙さなければ、生きていく事すらままならない。そんなどうしようもない事実を他人が指摘しても、得られるものは何も無いだろう。

「あ……でも」

ふと首を傾げてミラベルは言った。

「嫌々クリフォード殿下の替え玉をしている訳でもないの。これはこれで役得というか、殿下の振りをして可愛い女の子といちゃいちゃ出来るのは嬉しいかな」

「……そっちの趣味が？」

「女の子に限った訳でもないのだけれどね」

とやはりミラベルはあっけらかんと言った。

全く異性に興味が無いというのであれば、先程、風呂場でジンの裸を見た際にも恥ずかしがったりはしないのだろうが。

「クリフォードの女好きは昔からだし……身代わりをする上ではどっちでもいけるようになっておいた方が、何かと面倒が無いしね」

クリフォードの女好き――というか好色っぷりが生まれ持った性質であるのなら、双子であるミラベルにもそういう傾向があっても何ら不思議ではないのだが。

「これでも私は――俺は、あの子らの先生という立場でな」

ジンも口調を『先生』でも『侯爵』でもなく素のものに切り替えながら言った。ミラベルが『共犯者』を望んでいるのなら、ここで虚礼を取り繕っても仕方在るまい。

「生徒に対する責任というものが在る。『クリフォード殿下』の御乱行を表立って止められる立場には無いが……出来れば彼女等に対する『いちゃいちゃ』はお手柔らかに願いたい」

　ジンは改めてミラベルと眼を合わせながら言った。

「囮だろうが偽物だろうが、何だろうが……俺は貴女を護るように依頼され、これを引き受けた。正直言って、好きで請けた仕事でもないが、引き受けた以上は全力を尽くそう。俺は貴女を護る。それだけだ」

　だから、こちらのやる気を削ぐような真似はしてくれるな、とジンは言外に含みを持たせたつもりであったのだが。

「…………ふぅん？」

　とミラベルは興味深そうにジンの顔を眺めていたが。

「ちょっと、恰好いいね、貴方」

「……なるほど、『どっちでもいけるように』か」

　と苦笑するジン。

　その時――

「――ジン先生!!」

　慌ただしく廊下を走る音と共に、リネットらの声が響く。

　ジンが何か答える前に、扉を叩く音がそこに加わり、これまた制止する間も無く扉が開かれた。

「お休み中、すみません！」

「クリフォード殿下の御姿が無いんです！」

と言いながら部屋に入ってくるリネットとルーシャ。

「あ、どうも――」

と――リネットは咄嗟に、ジンと向かい合わせに座るミラベルに頭を下げる。隣のルーシャも同様である。何かの用でジンの部屋を訪れた使用人か何かだと思ったのだろう。

そして――

「……え？」

次の瞬間、二人は固まっていた。

「やあ。遅くまでお疲れ様」

そう言って片手を挙げるミラベル。

その表情、その口調はまさしく『クリフォード殿下』のものなのだが。

一方で今の彼女は、女性としての体型を隠していない。元々そう豊満な方ではない様だが、それでも胸の膨らみは誰が見ても明らかだ。

「――え？　え？　あ、あの⁉」

「クリフォード……で……んか……？」

「指をさす奴があるか」

ミラベルの方を呆然と指さして問うリネットを、ジンは溜息をついてそう窘めた。

●

隠れ家というものは基本的に平凡なものだ。

どれだけ丁寧に存在を隠蔽したとしても、建物一つ、あるいはそれなりの広さの部屋一つを完全に隠し通す事は至難の業だろう。たとえそれを地下に構築したとしても——換気の為の孔はどうあっても設けねばならず、人が拠点とする以上は、必ず衆目に晒される場所に通路や出入り口が必要になる。

だからこそ、それが事実として廃屋であったとしても、周囲から不審の目を向けられないように装う為には、『廃屋としてごく普通の佇まい』を装うか、さもなくば、『廃屋ではないごく普通の家屋』に偽装してやる必要が出てくる。

「……しかし」

グレーテルは苛立たしげに椅子の肘掛けを指先で叩いた。

「慣れないものですな」

「何の事か？」

と小卓を挟んで彼女と相対しているのは、『平凡な家屋』にはおよそ似つかわしくない人物だった。

アノニス・ドナルラグ技術准将。

スカラザルン帝国七賢人の一人にして最長老とされる存在。

だがその肩書きを知って尚、改めてその人物と相対すると、大抵の人間は疑念を拭いきれない。何故なら、白い仮面を被ったアノニスは、その声音を聞き、体躯を見る限り若い女性以外の何者にも思えないからだ。

一説には若返りの秘術を手に入れたが故に、齢百を超えても尚、若人と大差無い活力を維持している、ただし秘術の反動で顔に大きく醜い痣が生じた為に、常に仮面を着けているのだと言われているが――

「ヴァルデマルの風俗そのものが小官には馴染み難いのです」

服飾は勿論、家屋の壁紙の色、床の造り、天井の高さ、あるいは食器の材質、食事の味付け、その他諸々――何もかもがスカラザルン帝国とは違う。そしてかの国で生まれ育ったグレーテルは、どうにもそれが落ち着かないのである。

「潜入工作任務三年目の貴様が、よもやそのような事を」

とアノニスは仮面の下から密やかな笑い声を漏らす。

「任務に就く前に馴致訓練は受けたであろうに？」

「それは勿論……」

と頷いてから、グレーテルはわずかに苦笑を浮かべて言った。

「ドナルラグ師はよく馴染んでおいでに見えます」

「そうか？」

と首を傾げるアノニスの姿は——実際、仮面を着けているという点を除けば、ヴァルデマル皇国式の住居の風景に、違和感無く馴染んでいる様に見えた。

「実を言えばそれなりにヴァルデマル皇国には縁がある」

とアノニスは言った。

「だからこそ貴様の補佐に自ら名乗り出た訳だが」

「………」

「いずれにせよ、『馴染めぬ異郷』での任務もあと少しの我慢だ。今回の作戦が成功すれば貴様は本国に召還される。ゴルバーンの捜索については一時中断だ」

グレーテルは各種破壊工作や情報収集といった任務の他に、スカラザルン帝国を裏切ってヴァルデマル皇国に亡命した七賢人の一人、バルトルト・ゴルバーンの捜索という任務をも帯びている。

　これはグレーテルがかの賢者の弟子だった事が影響しているが――バルトルト・ゴルバーンと並んで七賢人の一人に数えられ、友人でもあったというアノニスが来た以上、三年を掛けても手掛かりを得られていない元弟子は、その任を解かれるという事らしい。

　ただ――

「今回の作戦――」

　とグレーテルが眉を顰めたのは、本国への召還が不服なのではなく、アノニスの言う『今回の作戦』は失敗に終わったと認識しているからだ。

　ヴァルデマル皇国の次期皇帝と目されているクリフォード第一皇太子の暗殺。

　近衛騎士団の団員十名近くを実行役に用いての大胆な計画は、しかし、予想外の戦力の介入により、成果を得られなかった。

（聞けばあの男がまたも絡んだと言うが……）

　半年前の作戦においても、グレーテル達の前に立ちはだかった男。

『異界の勇者』の末裔であり『魔術殺し』の力を持つ魔剣士。

　非常に厄介な相手だという事は分かっていたが――

「ああ。ドラモンド君。君はあの作戦が『失敗に終わった』と考えているのかな？」

「違うのですか？」

「一手目は確かに成果が出せなかったがね。未だ手が尽きた訳ではないし、相手の戦力についての情報も得られた。失敗は成功へ辿り着く為の階段と言うが、一度の失敗で全て『終わった』と考えるのは早計に過ぎるというものだ」

「それは……確かに仰る通りですが」

「未だ手は残っている。それに元々今回の作戦を立てる切っ掛けになった『駒』は未だ健在だ。ならば二手目、三手目を指していけば良い」

そう言って仮面の賢人は指先を空中で動かしてみせる。

まるで見えない戦戯盤の上で、これまた不可視の駒を動かしてみせるかの如く。

その様子を見ながら――

「――は。後学の為にも、此度の七賢人のお手並み、拝見いたします」

グレーテルはそう言って頭を下げた。

●

――翌朝。

「先ず、改めて詫びよう。黙っていて悪かったね」

食堂の長食卓にずらりと並べられた朝食を前に、笑顔でクリフォード第一皇太子――という建前になっている、その双子の姉ミラベルは、そう告げてきた。

食卓にはミラベルの他に、ジン、リネット、ルーシャがついているのだが、ジンはさておき、リネットとルーシャは何やら寝不足なのか、憔悴した様な感じが見て取れる。

恐らく驚きのあまり昨夜はよく眠れなかったのだろう。

ちなみに――同じベニントン宮の西館に居るデイヴィッド第二皇太子と、オーガスタ妃、それに彼等についているジンの教え子四人は、食事の時間と内容をずらすようにジンから進言しておいた為、この場には居ない。

近衛騎士団の騎士までもが――しかも複数、敵側に回っていた事を想えば、ベニントン宮の使用人達の中にも『敵』が紛れ込んでいる可能性は在る。

食事に毒を盛られでもしたら、如何にジン達が強かろうが意味が無い。

（使用人達も、クリフォードが『別人』だという事は知らない様だが――）

知っていても尚、殺しに来る可能性は在る。

クリフォードに対して個人的な恨みを持っている場合は別にして、標的が『第一皇太子』

であり、ヴァルデマル皇国の政治体制そのものに打撃を与える意図であるのなら、殺す対象が本物であるか偽物であるかは、あまり関係が無い。

暗殺を意図し、これを遂行したという事実だけで充分なのだ。

（第二皇太子殿下と、第二皇妃がこの事を知っているかどうかは分からない……敵を欺くにはまず味方から、とは言うが）

結局のところ、彼女は自ら『クリフォードだ』と名乗った事は一度も無い。自分が『クリフォードではない』という事実について口をつぐんでいただけなのだ。

「だが、君達の事をいずれ劣らぬ魅力的な存在だと感じたのは嘘偽り無い本当の気持ちだ。分かって欲しい。何なら今晩にでも私の『誠意』を示してみようか？」

平然とそんな事を言うミラベル。

「…………」

対して――リネットとルーシャは辟易した様子で顔を見合わせる。

ミラベルの言葉の何処までが本当で、何処までが演技なのか、まるで見極めがつかないからだろう。

護衛する対象を、護衛する側が信用出来ないというのは、ある意味で致命的な問題と言える。だからこそリネットらの不信感を拭う為に、ミラベルは遠回しに自分が替え玉である事を謝罪している訳だが。

（食堂に隣接した厨房には料理人も、これを手伝う家政婦もいる）

だからこそ、この朝食の席でも、ミラベルは素知らぬ顔でクリフォードを演じ続けているのである。

何にしても、本物のクリフォードの傷が癒えるまでは、この茶番劇を続けねばならず、ジン達も手を抜いて警護役を務める訳にはいかない。それを踏まえた上でのミラベルの発言なのは、リネット等も分かっている筈なのだが――

「……あの。ジン先生」

ふとリネットが隣席に座るジンに声を掛けてくる。

「どうした？」

「あの人、何言ってるんでしょう……？」

「……演技はさておき、言っている事は本心だろう」

とジンは答える。

「昨晩も少し話が出ていただろう？」

実を言えばリネットとルーシャには昨夜の内に簡単に事情を説明してある。あまり長々と話し込んでいると使用人達に気付かれる恐れもあった為、とりあえず話は早々に切りあげたのだが――

「クリフォード殿下の演技をするうちに、同性でも『そういう目で』見る事が出来るようになったとか何とか」

「あ……いえ。そういうのではなくて」

とリネットはわずかに目を伏せて言う。

その横顔は――何処か憂いを帯びている様にジンには見えた。

「あの人の……『自分』は何処にあるのかなって……」

「……リネット……?」

彼女を引き取った当初はともかく……この三ヶ月余りで殆ど見る事の無くなった表情である。そそっかしかったり、何事にも消極的だったりするのは、生来の性質である様だが……それを含めてリネットは元々明るい性格である様なのだ。

だから魔剣術を身に付けて『無能』と呼ばれなくなってからは、彼女はあまり暗い顔をしなくなった。むしろよく笑いさえする。

だが――

（自分を重ねて見てしまったか……）

かつて……『無能は要らぬ』と断じられ養親に売られた経験がリネットには在る。ホーグ子爵家において必要だったのは体裁の良い『跡継ぎ』であって、その役目が果たせるなら、『子爵家令嬢』は誰でも良かったのである。

一人の人間として、リネット個人は、誰からも求められていなかった。

だからこそ、一人の人間としてその存在そのものを隠蔽され、双子の弟の『身代わり』としてのみ存在価値を認められているミラベルの境遇を、他人事とは思えないのだろう。

皇帝の嫡子としてではなく。

第一皇太子の『代わり』でもなく。

一人の人間としてのミラベルを誰が必要としてくれるのか。

誰が彼女を彼女として受け入れてくれるのか。

ミラベルの『自分』は何処に在るのか。

(ミラベルは全て納得ずくだと言う――)

そして自分の立場を、まるで他人事の様に、気易く笑顔で話す。

それがリネットには理解出来ないのだろう。自分はあんな風に割り切れない――と。

「あ、あの……ミ……じゃなくて」

椅子から腰を浮かせてリネットは言った。

「クリフォード殿下!」

「リネット、お行儀が――」

と傍らのルーシャが声を掛けるが、リネットはそちらを一顧だにもせず――何やら決然とした表情で言った。

「わ、私がお守りいたします、い、命に、替えても！」

「……リネット!?」

「………」

親友の宣言に驚きの表情を浮かべるルーシャと、そして、きょとんと目を丸くして瞬きを繰り返すミラベル。

「殿下のお気持ちは、分かります！　いえ、その、分かるような気がします！　私も――いえ、とにかく、御心労、お察し申し上げ、ます！」

「…………」

ジンは左手で顔の半分を覆って溜息をついた。

この八ヶ月余り、一緒に暮らしてリネットの性格について概ね理解していたつもりだったが、少し甘かった様だ。

色々とそそっかしい上に、消極的というか悲観的というか、何事にも慎重に過ぎる娘なのだが……その反面、何かの切っ掛けさえあれば、反動の様にひどく積極的な行動に出る事がある。

恐らく本来のリネットは、一途で思い込みが激しく、頑固なのだ。

だからこそ尋常ならざる集中力を以て、ジンの魔剣術の修練にもついてくる事が出来た訳で——一概にそれを欠点や弱点と評するのも間違いであろう。

「……殿下。未だ若輩ながら、皇国の貴族の一員として、私も貴方様を警護させていただく事について、躊躇や逡巡はございません」

ルーシャが片手でリネットの背中を引っ張って座る様に促しながら、そう言い添える。

「皇族たる貴方様に、如何様な事情があるにせよ……私共は私共の責務を果たすのみ。どうか、この者の御無礼はその決意の顕れ、私共の献身を以て不問に付していただければと」

貴女が本物のクリフォード殿下であろうとなかろうと関係が無い。自分達は警護を命じられた以上、全力で貴女を守る。つまりルーシャはそう言っているのだ。

「………………」

ジンは——無言。

折角、少女達が一晩考えた末に、自分の決意を表明したのだ。ここで『先生』が何か言い添えるのも無粋な話だろう。

やがて——

「……そうか。嬉しいよ。ありがとう」

ミラベルは小さく頷いてそう礼を述べた。

朝の食卓に、奇妙に微笑ましい空気が満ちる。

それを苦笑交じりにジンは眺めていたが――

「………殿下」

ふとジンは立ち上がりながら言った。

「食事中に席を立つ無礼、どうかお許しを。どなたかが――いらしたようです」

「――来客？　こんな朝早くに？」

ミラベルが怪訝な表情を浮かべて首を傾げると同時に――

「殿下――」

食堂の出入り口に控えていた家政婦の一人が、何事か言伝を預かったらしく、恭しく頭を下げながらミラベルに近づいていく。

「待たれよ。そこで立ち止まり、声を大にして要件を告げられたし」

ジンは腰の〈影斬〉に手を掛けながらそう告げる。

「――!?」

家政婦は束の間、驚いた様子でその場に立ち止まっていたが。

「……オストガル伯爵とそのお連れ様が、見舞いにと」

喘ぐ様な声でそう言った。

「――殿下？」

「ああ。以前、伯の令嬢と親しくさせて貰っていた………筈だ」

最後の方はジンのみが聞き取れる程度の小さな声だった。

要するにクリフォードが以前、手を付けた娘の親、という事だろう。

その後の関係がどうなっているのかはさておき、伯爵家の人間で、多少なりとも縁のあった相手だ。

事前の約束無しの訪問とはいえ、無下に追い返す訳にもいかない――といった所か。

だが――

（良くも悪くもその令嬢本人が来ていたら厄介だな）

単なる『遊び』の付き合いであったとしても、それなりに距離が近かったであろう相手――ならば、クリフォードが替え玉であると見破られる恐れがある。

「分かった、二番の応接室にお通ししなさい」

クリフォードの顔で、ミラベルはそう言い――確認をとるかの様にジンの方を一瞥してきた。

「クリフォード殿下におかれましては――」

二番の応接室にミラベルが入った途端、待ち構えていたかの様にオストガル伯爵本人と、その連れと覚しき男女四名が立ち上がって挨拶をしてきた。

オストガル伯爵は初老の真面目そうな人物である。

黒髪に黒瞳を備えた丸顔、体格は中肉中背の、容姿としては取り立てて特筆すべき部分の無い人物であるが――その左脇に控えていた人物は、オストガル伯爵の隣に居るからこそ余計に目立つ。

二十歳を超えていないと覚しき、黒髪の若い娘。

金銀細工の花をあしらった髪飾りを着けている事からも、貴族の礼装を帯びている事からしても、恐らくこの娘がクリフォードの『親しくしていた』オストガル伯爵令嬢だろう。

「――エレミア・オストガル」

傍らに付き添うジンにミラベルがそう囁く。

「確かクリフォード殿下が去年付き合っていた娘の一人」

「突然の訪問をどうかお許しください」

とオストガル伯爵は懐から取り出した手布で額の汗を拭いながら言い訳の様なものを述べている。

「殿下がお怪我をなさったと聞いて、娘が、どうしてもお見舞いにと言って聞かず……その、殿下とは……」

と口を濁したのは、クリフォードとエレミアの仲は今年に入ってから終わっていたのを、オストガル伯爵も知っているからか。

貴族の娘は、クリフォードとの関係がある程度以上進めば、当然の様に婚約、あるいは婚姻の話を持ち出すが――クリフォードはそうした話題が出た途端に『冷める』傾向が在るという。

エレミアとの仲もそれで終わった――筈なのだが。

彼女自身はそう考えていなかったという事か。それともクリフォード本人か、あるいは、未来の皇妃の座に未練があったという事か。

(残りの三人は侍従か)

男が二人に女が一人。

地味めの礼装を帯びている事からして、こちらはオストガル伯爵の使用人達だろう。貴族が貴族を、あるいは皇族を訪問する際には、手土産を持参する事も多く、その種の品を運んだりする為にも従者を伴うのは珍しい話ではない。

　彼等はいずれも小型の携帯用魔導機杖こそ腰に提げてはいるが、他に武装している様子は無く――

（……手ぶらだと？）

　むしろそこにジンは引っかかった。

　わざわざ三人も侍従を連れてきておいて、持参の品が無い。

　先にこちらの侍従に手土産を渡しているなら、それと報告がある筈だ。

　では三人もの侍従は何の為に――

「――クリフォード殿下」

　オストガル伯爵が尚も言い訳めいた会話を続けている最中に、エレミアが前に出る。

　さすがに皇太子が手を出しただけあって、とても美しい、艶やかな目鼻立ちの娘なのだが――

「お会いしとうございました」

「エレミア――」

　若干、戸惑い気味に応じるミラベル。

彼女としては『クリフォードとエレミアの関係はもう終わった』と報されていたであろうから、この期に及んでどう対処すべきか迷っているのだろう。迂闊に復縁を認める様な事を言えば、クリフォード本人が復帰してきた時に、また揉めかねない。

だが……

「………」

エレミアにつられる様にして――主人たるオストガル伯爵を差し置いて、侍従達まで一歩、前に出てきたのは、一体どういう事か。

彼等はやはり腰の魔導機杖に手を掛ける様子は無いが――

「リネット、ルーシャ！」

疑念が確信に変わったその瞬間、ジンは〈影斬〉を手に前に出た。

「殿下をお守りしろ！」

「――!?　はい！」

驚愕と逡巡はわずかに一瞬。

元々機に聡いルーシャはともかく、リネットまでが即座に行動に移せたのは、ジンに対する絶対的な信頼の故か。

少女達がミラベルを庇う様にして前に出ると同時に、魔導機杖剣に手を掛ける。

（――よし。ちゃんと実践しているな）

一瞬、彼女等の様子を振り返ってそんな事を想うジン。

相手が魔導機杖に手を掛けていない以上、恐らく彼等からの魔術攻撃は無い。ならば攻撃に使う為の魔導機杖剣を先に手にして、歩法による魔術の構成を優先するのは当然だ。

そうした状況の見極めを、ジンは魔剣術そのものとは別に、この半年の間に徹底して彼女等に叩き込んでいた。

そして――

「こ、これは一体⁉　殿下⁉　いや、エレミア、お前⁉」

とオストガル伯爵はにわかに緊張感を帯びる空気に目を白黒させている。これが演技でないのだとしたら、彼は――

（利用されたか？）

多少、人の善さげなオストガル伯爵を気の毒に思いつつも、ジンは〈影斬〉を抜き放つ。

その瞬間。

「でんかぁ…………」

くしゃり――そんな音が聞こえた様な気がした。

唐突にエレミアの表情が崩れる。整った顔立ちだけに、だらしなく弛緩して笑うその顔は、ひどく異様に見えた。

「――!?」

リネットが〈紅蓮嵐〉を構えたまま――止まる。

エレミアの様子は、一目で『真っ当でない』と分かるものだった。

だがそれでも素手の、しかも若い女性に先制攻撃を仕掛けられる程、リネットもルーシャも殺伐とした世界に生きてはいない。

ジンとしても暗殺者〈影斬〉としてならばともかく、ガランド侯爵としての立場では、ミラベルが、そしてオストガル伯爵もいるこの場で、『様子がおかしいから』と貴族の姫を斬り捨てる訳にもいかない――が。

「止まられよ」

ジンは〈影斬〉を敢えてエレミアの鼻先に突きつけて言った。

「さもなくば――」

「でんかぁ……」

だがエレミアはまるでジンを意に介さず――それどころかジンの姿も、突きつけられた剣先もまるで見えていない様子で、前に出る。

〈影斬〉の切っ先がエレミアの頬に突き刺さるが――それでも彼女は止まらない。ジンが剣を全く動かしていないというのに、オストガル伯爵の娘は自ら動いて己の頬を切り裂いていた。

「エレミアっ⁉」

「でんかぁ、でんかぁ、でんかああああああ‼」

娘の奇行に悲鳴じみた声を上げるオストガル伯爵。

くしゃりと更に表情を崩しながらそう叫ぶエレミア。

そして次の瞬間、エレミアは両手を掲げて前に飛び出した。

「でんかああああああああ！」

「ちっ――」

ジンは短く舌打ちしながら〈影断〉の峰でエレミアの首の後ろを打つ。通常ならば軽い一撃でも、相手を気絶させる事が出来るのだが――

「ああああああああああッ！」

口の端から唾液の雫を飛ばしながらエレミアは半回転。

邪魔をするな、とでも言うかの様に彼女の右手がジンに向かって振られたのは次の瞬間だった。

「――！」

咄嗟に一歩後退したジンだったが、予想以上に大きく伸びたエレミアの右手は——その五指は、爪でジンの胸元を強く引っ掻いた。

長く伸ばされていた爪はいずれも剥がれ落ち、指先から血の雫が飛ぶ。

技も何も無い、獣同然の暴れ方。

だが裏地に鋼糸を編み込んである防刃性の衣裳が、大きく切り裂かれたのを見てジンは即座に考えを切り替えた。

まずい。まともな人間の膂力ではない。

武器など無くとも今のエレミアは楽々とミラベルを殴り殺し、あるいは引き裂けるだろう。いや。彼女に殺意が無くとも抱き付くだけで絞め殺す事も可能かもしれない。

「叩け・〈爆槌〉ッ！」

「巡れ・〈雷陣〉ッ！」

リネットとルーシャが魔導機杖剣を振り降ろし——魔術が発動。

彼女等の目前に迫っていたエレミアを爆裂の衝撃が押し戻し、更に両者の間に割り込む様にして稲妻の障壁が展開する。

ジンを迂回して左右からミラベルに迫っていた侍従達が、青白く輝く障壁に触れて痙攣した。

人間の筋肉は雷気に触れれば本人の意図とは無関係に収縮する。膂力や気力など関係無く、雷撃系の攻撃魔術は、相手をその場に釘付けにするのに有効だ。

だが——

「で、ん、が、あぁっ！」

濁った声でそう叫びながらリネットの〈爆槌〉に弾き飛ばされたエレミアが起き上がり、今度は脱兎の勢いでミラベルに向けて突撃する。

「ああ、エレミア、エレミア、よしなさい、エレミア⁉」

と——未だに事態が把握し切れていないのか、泣き叫ぶオストガル伯爵。

ジンは——

（——許せ）

胸の内でそう呟くと、横手からエレミアに刺突技を放つ。

剣で彼女を縫い止めて動きを止める——そう意図しての事だったが。

「があああああああああああああああッ！」

脇腹を文字通りに串刺しにされながら、しかしエレミアは構わず前進する。頬の時と同様、エレミアは強引に前進する事で己の腹を裂きながら〈影斬〉による串刺し状態から逃れていた。

「………」

ジンは〈影斬〉を引き戻すと半回転、再度、刺突技を放った。

狙うはエレミアの足。

どれだけ腕の力があろうと、ミラベルに近づけなければ脅威にはなり得ない。

「あああああああっ！」

エレミアは膝裏から右足を貫かれ、関節を破壊されて、大きく姿勢を崩した。ジンが〈影斬〉を抜くと、さすがに立つ事も出来なくなったか、彼女はその場に俯せに倒れていた。

「………」

その後もエレミアはばたばたと、陸に打ち上げられた魚の様に両手両足を動かして床を激しく叩いているが、さすがにその状態から起き上がってミラベルに襲い掛かる事は無い様だった。

とりあえず制圧は出来た――らしい。

（えげつない事をする）

何者の仕込みかは分からないが、恐らくエレミアや従者達は使い捨ての特攻兵として用いられたのだろう。

（だがどうやって？）

催眠暗示か何かか。

ジンは詳細を調べようと、ルーシャの魔術を喰らって倒れ、その場に痙攣している従者達の方に眼を向ける。

「――！」

彼等の痙攣が治まるどころか益々激しくなっている。

更にはめりめりと何かを引き裂く様な音さえ聞こえてきて――

「伏せろ!!」

リネット達に向けてそう叫びながら、ジンは呆然としているオストガル伯爵に左腕を引っかける様にしてその場に伏せる。

次の瞬間――

「――ッ!!」

三人の従者達は、みぢみぢと音を立てながら全身を『収縮』させたかと思うと、次の瞬間――爆ぜ割れていた。

爆音は、無い。

破裂は爆薬によるものでないのだから当然だろう。

だが自ら四散した従者達の身体は、恐るべき事に、肉片が、骨片が、そして血液の飛沫が――それ自体が凶器となって、飛び、壁や天井に突き刺さっていた。

「え…………あ…………？」

理解が追い付かないのだろう。

オストガル伯爵は仰向けに倒れたまま、むしろきょとんとした表情で目を瞬かせている。

「リネット、ルーシャ、無事か⁉」

「あ、は、はい！」

「無事です、殿下も！」

と少女達が返事してくるのを確認して、ジンは立ち上がる。

爆散した従者達は勿論、まともな死体など残っていない。

一方で倒れていたのが幸い――といって良いのかどうかは疑問だが――だったか、エレミアは死んではいなかった。

もっとも、あちこちから派手に血を流している以上、既に瀕死の状態ではあるのだが。

（……爆薬や、魔術の代わりに、筋肉の収縮する力を……使ったのか？）

元々、自壊する事を覚悟の上でなら――骨が折れ、肉が爆ぜ、あるいは血が沸騰する事を覚悟の上であれば、人体は途方も無い力を一時的に引き出す事は出来る。

とはいえ――

「……こんな真似が出来るとすれば……」

魔術による生体加工技術を持っているスカラザルン帝国。

かの国の者ならば、こうして常人を歩く自爆兵器に造り替える事も可能かもしれないが

――

(実の親も気がつかないうちにか?)

呆然としているオストガル伯爵を見遣ってそんな事を考えるジン。

恐らく『改造』は迅速で簡易に行われたのだろう。

それはつまり、誰であろうと知らぬ内に――あるいは本人すらも――自爆兵器に造り替えられる可能性が在るという事だ。

そして――

「…………」

何処かから馬の嘶きが聞こえてきた。

続けて――馬車の車輪が地を噛む音。

(……馬車の御者も『加工済み』か)

貴族が他の貴族や皇族の屋敷を訪問するのに徒歩という事は有り得ない。恐らくオストガル伯爵らの乗って来た馬車の御者が、二度目の暗殺の失敗を悟って、逃亡を図ったのだ

ろう。

「…………」

ジンは短く溜息（ためいき）をつく。

手は打ってある。ここで無理にジンが追う必要は無い。

それよりも今は――

「――エレミア」

振（ふ）り返れば、瀕死のエレミアを、ミラベルが――『クリフォード殿下』が抱き起こしている所だった。

危険な真似を、とジンは一瞬思ったが、エレミアの表情が普通（ふつう）のものに戻っている所を見ると、もう『自爆兵器』の状態からは脱（だつ）したらしい。

「殿下……ああ……殿下……私ったら……どうしちゃったんでしょう……か……」

左の頬が大きく裂けた顔で、しかし、健気（けなげ）に笑（え）みを浮（う）かべようとするエレミア。

憑（つ）きものが落ちたかの様に、その様子は、ごくごく普通の――恋（こい）した相手に話し掛ける年頃（としごろ）の娘のものだった。

「私……やっぱり、殿下の事が……どうしても……忘れ……られなく……て……殿下がお怪我をなさったと聞いて……居ても立っても……」

「そうか。実を言えば私もだよ、エレミア」

優しい笑みを浮かべてミラベルは――『クリフォード殿下』は言った。

「君と別れた後で、後悔しない夜は無かった」

「殿下……本当……に……？」

「ああ。本当だとも。愛しているよ、エレミア」

そう言って、ミラベルは震えながら伸ばされたエレミアの手を握る。

「私と……殿下、私と……」

「エレミア」

ミラベルは短く深呼吸をすると、喘ぐ様にして震えるエレミアの唇に己のそれを重ねた。

「…………」

エレミアがまるで眠るかの様に目を閉じて――目尻から一滴、涙がこぼれ落ちる。

そのまましばし、第二応接室には冷たい静寂だけが凝っていた。

やがて――

「…………」

動かなくなったエレミアを、そっと床に横たえて――ミラベルは立ち上がる。

「――ガランド侯」

ミラベルは、いや、『クリフォード』はその秀麗な顔をこわばらせながらも、ジンを振り返って言った。

「何者の仕業かは知らぬが。この鬼畜にも劣る所業、絶対に償わせよ」

「――御意」

ジンは言って一礼した。

●

通りを一台の馬車が走っていく。

その様子は特に不自然な所も無く、すれ違う人々もわざわざ振り返ってその姿を眼で追ったりはしない。この辺りの街区では貴族の家紋を付けた馬車は珍しくないからだ。

そんな馬車の――

「――本当、人使いが荒いったら無いわよね」

車体裏に蜘蛛の如く張り付きながら、ヴァネッサ・ザウアは独りそうこぼした。

昨日の夜遅く、ジン・ガランドからの連絡を、彼の家の家政婦が持ってきた為、ヴァネッサは今朝からウェブリン女学院の保健教諭の職を休んで、ベニントン宮の近くに潜んでいたのである。

果たしてジンの懸念通り、暗殺者達はやって来た。

近衛騎士団がまともに動けない今、暗殺者は時を置かずに襲ってくる筈だというジンの読みは当たったという事だ。まさかヴァネッサが潜んだその初日に来るとは思ってもみなかったが。

「でも何処まで逃げるつもりなのやら？」

暗殺に失敗して逃げている――にしては、この馬車の御者、あまり切羽詰まった様子が無い。

張り付く前にちらりと見たが、何処か茫洋とした、寝惚けた様な無表情で、心此処に在らず、といった様子だったが。

（催眠暗示か何かで『人形』にしてる？）

だとしたら、慌てない、怯えないのも、道理だが。

「…………」

やがて――ヴァネッサは馬車が停まったのを感じる。

どうやら何処かの路地裏である様だが――

（…………馬車を棄てる？）

御者が降りて歩いて行くのを見て、ヴァネッサも尾行すべく馬車から離れた。だが御者はそう長く歩くでもなく、更に別の路地に入った所で、足を止める。

そして――

「………」

「――御苦労」

何者かの声がそう告げるのが聞こえた。

ヴァネッサの潜んでいる位置からは、物陰になって、相手の姿までは見えないが――

(わずかにスカラザルン訛り？　それにあれは――)

御者が接触した何者か。

その人物が、手袋に包まれた手を伸ばして、御者が被っていた帽子を払い落とし、前髪をかき分ける。

そこには――

(あれって……半年前の、あの、蒼い魔獣と同じ……？)

小指の先程に小さいが――はっきりと人間には備わる筈の無い、黒い器官が生えていた。

一対の角である。

(魔術の……受令器……)

頭部に移植されたそれは、通常、魔獣に――魔術によって加工・改造された生物に、命令を下す為に使われるのだが。

理屈(りくつ)の上では、当然、人間に対して使う事も出来る。

(つまり……近衛騎士団も……？)

現状のスカラザルン帝国の、この種の技術がどこまで進んでいるのかは、スカラザルン兵を母に持つヴァネッサにも分からないが、簡易に人間の頭に受令器を植え付ける事が出来るなら、忠誠心に富んだ近衛騎士であっても、一晩で暗殺者に仕立て上げられる道理だ。

「事の次第(しだい)は分かった。では死ぬがいい、ヴァルデマル人」

そう告げると、物陰の何者かは小型の魔導機杖を御者に突きつけて、短く呪文詠唱(じゅもんえいしょう)。

次の瞬間、御者は――静かに燃え始めた。

全身を炎(ほのお)に包まれているというのに、暴れもしなければ悲鳴を上げる事も無い。そういう形の人形の様に、ただ、焼け崩れていくのに任せて静止している。

そして――

「………」

御者が黒焦(くろこ)げになりながら倒れ伏(ふ)したのを――完全に死んで動かないのを確認すると、ヴァネッサは物陰から飛び出すが。

「……さすがに無理か」

既に、スカラザルン訛りで喋る何者かの姿は、何処にも無かった。

●

オストガル伯爵は――ジンが使用人達に頼み、ベニントン宮が保有する馬車で強制的に送り返した。

彼が乗ってきた馬車は逃亡してしまった様だし……彼自身は、今回の一件で衝撃を受けており、茫然自失の状態、帰りの馬車を手配出来る様な状態ではなかったからだ。

ジン達としては、何も知らぬままに利用されたであろう彼を気の毒に思いはしたが、気遣っている余裕は無かった。

第二応接室についてはジンが使用人達に要請して現状を維持――一切、手を付けない状態になっている。

そこに敢えて放置されたエレミア・オストガル、及びその従者達の遺体を調べれば、何か分かる事があるかもしれないからだ。もっとも破裂し四散した従者達の亡骸に関しては、『どれが誰のものなのか』すら、ろくに判別がつかない状態であったが。

調査するには高い精度で魔術を操（あやつ）れる人間が必要だ。

故にジンは人を遣（つか）って屋敷に残っているユリシアにベニントン宮まで来るようにと連絡を入れた。

そして――

「…………」

ベニントン宮の東館二階奥（おく）――遊戯室（ゆうぎしつ）。

来客と一緒に札遊戯（カード）や戦戯盤（チェス）、撞球（ビリヤード）を楽しんだりする為の――ただそれだけの為の部屋だが、『遊び』に合わせて遊具を持ち込（こ）んだり、家具や装飾品（そうしょくひん）を入れ替えられるようになっているので、色々と融通（ゆうずう）が利（き）く。

今は椅子（いす）と小卓（しょうたく）以外は何も無い状態になっていた。

「…………」

寒々しい程に広い部屋のその真ん中に、ミラベルとリネット、ルーシャの姿が在る。小卓の上には香茶用の茶器一式が置かれていたが、誰もそれに手を付けてはいなかった。

「…………」

ミラベルは無表情。

リネットとルーシャも、恐怖（きょうふ）とも悲嘆（ひたん）ともつかない表情を浮かべたまま口をつぐんでいる。

眼の前で人間が何人も死んだのだ。それもおよそ普通なら有り得ない死に方で。半年前にリネットもルーシャも人が死ぬ現場を見ているが、一度や二度でそう慣れるものでもあるまい。

そして――

「――兄上！」

ぱたぱたと廊下を走る軽めの足音がしたかと思うと、血相を変えたデイヴィッドが遊戯室に飛び込んできた。

「兄上、兄上、ご無事ですか？」

デイヴィッドがそう言ってミラベルに駆け寄る。

それにほんのわずかだが遅れて、オーガスタと、彼等の護衛を務めているアリエル、ローレル、ヨランダ、クラーラの四人娘が慌て気味に姿を現した。いきなりデイヴィッドが飛び出したので、止められなかったのだろう。

「兄上――」

駆け寄りはしたものの、『クリフォード』は未だ建国記念日の際の傷が完全に癒えていない筈だと思い出したのだろう――抱き付いて良いのかどうかも分からず、デイヴィッドは何処か途方にくれた表情をしていた。

「あ、ああ、だ、大丈夫、大丈夫だよ、デイヴィッド」

ミラベルが慌てて笑顔を取り繕ってそう応じる。

彼女は手を伸ばしてデイヴィッドの、ふわふわの癖毛に覆われた柔らかな頭を撫でてやった。

「心配して来てくれたのか」

「はい」

「義母上殿も――」

「生きているのは見れば分かるけれど……怪我は？　無いのね？」

とオーガスタは先ずそう尋ねてきた。

「はい。ガランド侯や姫騎士達が庇ってくれました」

とミラベルが答えると、オーガスタは長い溜息をついた。

「そう……」

「ただ、その……」

ミラベルはしばらく言葉に迷っていた様だが。

「少々、刺激的に過ぎる場面を……見てしまったもので」

「……そのようね」

とオーガスタは頷(うなず)く。

一方――

「――ミニエンさん、ガランドさん」

デイヴィッドらの警護を務める四人娘の内、アリエルがリネット等の方にやってくる。

気遣わしげな表情で彼女は、椅子に座(すわ)ったままの同級生の顔を覗(のぞ)き込んだ。

「大丈夫？」

「……大丈夫よ。多分だけれど」

と答えたのはリネットではなくルーシャだ。

顔は青ざめてはいるものの、その声は震えていない。意志の力で動揺(どうよう)を押さえ込んでいるのだろう。

「人が死ぬのは……惨(むご)たらしく『殺される』のは、半年前の事件で見たけれど、そうそう慣れるものでもないわね」

「当たり前でしょ」

とアリエルが言う。

それから彼女は沈黙(ちんもく)したままのリネットの方に視線を向けた。

「ガランドさん――ガランドさん、リネット？」

「あ……はい」

名を呼ばれて初めて反応するリネット。

「――大丈夫だよ。私も」

それでも会話は聞こえていたのか、彼女は多少無理矢理(むりやり)に笑顔を取り繕ってアリエルに頷いて見せた。

「大丈夫、だけど」

「……？」

「本当……私って未(ま)だ未だだ……」

と言ってリネットは唇を噛んだ。

「どういう事？　リネット？」

「私、ミラ……じゃなくて、『クリフォード殿下』をお守りしますって大見得(おおみえ)きった癖(くせ)に、自分ではほとんど何も出来て無くて」

「そんな事無いでしょう」

とルーシャが横から言った。

「ちゃんとジン先生の指示通りに動けて、魔術も――」

「そういう事じゃ、なくて……」

とリネットは首を振った。

「『私が』お守りするって言ったの。ジン先生に言われたからじゃなくて、自分で、お守りしたいって思ったの」

「…………」

ルーシャとアリエルが顔を見合わせる。

「なのに……気付いて、私達に指示を出したのは、ジン先生で……もしあの場にジン先生がいなかったら、多分、みんな、死んでた。『クリフォード殿下』だけじゃなくて、多分、ルーシャも」

「リネット、貴女――」

膝の上に揃えられたリネットの両手に、ルーシャが手を重ねる。

「私、思い上がってたみたい」

「……貴女が？」

と呆れた様に言うのはアリエルである。

ルーシャ程ではないにせよ、同じ師に魔剣術を学んできたこの少女も、リネットの性格というものについては概ね理解している。およそ『思い上がり』などという言葉は、リネットという少女にとって最も縁遠い概念の一つであろう。

だが――

「魔剣術が使えるようになって。あの半年前の事件でも皆を助ける手伝いが出来て。この三ヶ月ほどで新しい魔術も幾つか覚えて。私、自分が『強くなった』と思ってた。もう『無能』じゃないって――ジン先生にも自分を『無能』って呼ぶなって言われて……自分は何でも出来るんだ、そうなったんだ、って、身の程知らずに、思い上がってたの」

「………」

ルーシャとアリエルは言葉に詰まった。

リネットが魔剣術でなければ一切魔術が使えない――つまり魔剣術を学ぶ前は、魔術適性皆無の『無能』と呼ばれていた事は、勿論、二人共知っている。

だからこそ魔剣術が使えるようになった瞬間、リネットはまるで自分の世界が突如として広がったかの様な喜びを覚えたに違いない。

これまで不遇であった事と帳尻を合わせようとするかの様に、自分はこの魔剣術で何でも出来るようになるのだ――そう思い込んだとしても、そう自分に言い聞かせたとしても、それを誰が責められようか。

「私はもう『無能』じゃない」

リネットははっきりとそう言った。

「でも……未だ足りない……未だ未だ足りないんだよ……」

より強く。もっと強く。

最強——と呼ばれる程に強く。

そうでなければ護りたいと思った人を護れない。

そうでなければ大切な人の隣に並び立てない。

だから——誰かに指示を貰って『戦えている』だけではいけない。

近くにジンやルーシャが居なくても、自分から決断を下して戦えるようでなければ。

「私はもっと……頑張らないと」

「——呆れた」

とルーシャは苦笑を浮かべて言った。

「本当、言う様になったわね、リネット」

「——え？　あ、そ、そうかな」

途端、慌てた様子でそう応じるリネット。

彼女はアリエルの方にも眼を向けるが、彼女もまた、苦笑を浮かべて頷いてきた。

「とりあえず攻撃魔術の威力っていう意味なら、貴女、もう私達の中でも最強でしょう？

魔剣術に限らず、戦ったら勝てる人なんて——多分、ウェブリンの中ではジン先生くらいのものよ？」

「そうそう。破魔剣の振りもやたら速いし。日常用の魔術は相変わらずみたいだけど、一芸に特化してるって意味なら、それはそれでありでしょ」

「……そうかな。そうだと……いいな」

「まあでも」

ルーシャはリネットの鼻先に指を突きつける。

「向上心があるのは良い事よね。私達も負けてられない」

「本当にねえ。リネットに『私なんて未だ未だ』とか言われたら、私達の立つ瀬（せ）が無いっていうか」

「え、あ、私はただ、自分の覚悟っていうか――」

顔を赤らめて俯（うつむ）くリネットの肩（かた）を、ルーシャとアリエルが左右から親しげに叩く。

「目指すは最強無敵の魔術殺しね」

「その場合、最後に斃（たお）す相手ってジン先生なんじゃない？」

「ちょっ……二人共⁉」

話が変な方向に逸（そ）れてきたのを感じて慌てるリネット。

それは覚悟を決めた状態とは程遠（ほどとお）い印象だが――

「二つ名とかあると恰好いいかも」

「『絶対魔剣』とか？」

「なんでそういう話になるの⁉」

少女達の表情から、恐怖や悲嘆の強張りは、緩やかに溶けて消えつつあった。

●

ベニントン宮の正門前。

白を基調とした壮麗な離宮の文字通り玄関である。

皇宮――ヴァラポラス宮からは文字通りに道一本、広い石畳の街路が真っ直ぐ正門前へ続いている。周囲には他の皇国貴族の屋敷や皇都滞在時の別荘が建ち並んでおり、街路には季節毎の景観の変化を愉しめるようにと一定間隔で落葉樹が植えられていた。

そんな、ベニントン宮正門に程近い、街路樹の木陰に――

「――やはりスカラザルンか」

三人分の人影が佇んでいた。

一つはジン。

一つは女暗殺者のヴァネッサである。

そして最後の一つが——何やら大荷物を積載した小型機車でやってきたユリシアである。

馬車と異なり魔導機関動力で動くこの車は、安定して走らせる為には小まめな整備と、魔力に余裕のある魔術士の存在が必須だが、単純な速度と積載重量の面から言えば、馬車よりも優れている部分が多い。

ユリシアの玩具である。

常日頃から馬車用の馬や、その世話係、御者等をガランド家専属に雇っておく余裕が無い為、大抵ユリシアやジンが移動する場合には、徒歩か、さもなくば賃走馬車を使うのだが……今回は色々と持ち込むものが多かったせいか、目立つのも構わず、ユリシアはこの無骨な外観の車を持ちだしたのである。

駆動音が馬車と比べてやたら騒々しい事もあり、目立つ事を嫌うジンは『出来るだけ使ってくれるな』と常々ユリシアには言っているのだが。

それはさておき——

「しかも受令器だと？」

「多分ね。最終的には全部焼き払われちゃったから、現物を持ち帰るのは無理だったけど——」

「それはむしろこちらで自爆した暗殺者の死体を検分すれば済む事です」

と言うのはユリシアである。

「受令器も壊れているでしょうが、破片さえあれば分析は可能なのです。このユリシアにお任せあれなのです。私は医療は専門外ですが、スカラザルンの生体加工魔導技術の片鱗を知るいい機会なのです。わくわくするですよ」

「………」

ユリシアとは初対面のヴァネッサは、眉を顰めて『何なのこの子』と言わんばかりの表情をジンに向けてくる。

まあ何処からどう見ても単なる家政婦にしか見えない娘が、ジンやヴァネッサの殺伐とした話題についてくるどころか、死体の分析まで可能と言い出したのだから、当然であるのだが。

ちなみにユリシアが小型機車で運んできたのは、この分析の為の魔導機関やその周辺機材である。

「というか、むしろ、自爆が証拠隠滅も兼ねていたのだとしたら、何故、エレミアは自爆しなかった？」

「多分ですが」

とユリシアは握り拳から一本突き出した人差し指を、空中でくるくると回しながら言った。彼女が考えをまとめるときにする癖だ。

「先に若様が斬り付けて、出血していたからではないかと。血圧が下がれば筋肉はわずかな間しか動けなくなりますですよ」

血は呼吸で得た酸素を肺から取り込んで全身に行き渡らせ、それを元に細胞は活動する。逆に言えば、血流が止まれば程無くして全身の細胞は酸素不足で『窒息』して死に始める訳だが――

「そういうものなの？」

と首を傾げて問うヴァネッサ。

「そういうものなのです」

「……おい。保健教諭」

ジンは横目でヴァネッサを睨みながら言った。

「そんなんでいいのか？」

「いいのよ。別に人体の動く原理なんて知らなくても、適切に投薬や止血処置が出来れば。魔術を当たり前の様に使っている人間の内、魔導機杖の構造や、魔術の基礎原理を詳細に理解している人間がどれだけ居ると思ってるの？」

とヴァネッサは平然としている。

「ただ、人間も無呼吸で全力疾走する事が出来る様に、血流が阻害されればその瞬間に動けなくなるという訳でもないのです。その点についてはご留意ください」

「ああ……そういえば短距離走の時は、呼吸止めてる事も多いわよね」

「そういう事なのです。厳密に言えば酸素が力なのではなく、力を生み出す為に酸素による反応が必要なのですが、逆に言えば、酸素無しでも短期的には細胞は——筋肉は、それまでに貯め込んだ力で、しばらく動く事が出来るですよ。ただ、自壊する程の力で稼働すると一瞬で使い切るでしょうから、エレミア嬢に関しては既に自爆に充分な筋力を発揮できなかったのでは無いかと——」

「その辺の理屈はまあ後で聞くが」

次第に早口になって眼鏡の下の眼をきらきらさせているユリシアを、ジンは片手を挙げて制すると——改めてベニントン宮の方を見遣る。

「結局、西館にいた第二皇太子や皇妃の方への襲撃は無かった訳だが、これは元々『敵』の狙いが第一皇太子だけで、先日の襲撃では第二皇太子や皇妃は巻き込まれただけという事なのか——」

それとも第二皇太子の側にはまた別の暗殺者を派遣する予定があるのか……まあ確かに

エレミアでは、クリフォードにはともかく、デイヴィッドに近づく口実をでっち上げるのは難しかろう。

「しかし微妙に相手の『目的』が見えないのが気にかかる。スカラザルンからすれば、未来の皇帝を殺しておくのは充分に意味がある作戦なんだろうが――」

だとしたら継承権第一位のクリフォードだけを殺しても意味が無い。

また現皇帝の直系という意味ではクリフォードとデイヴィッドの二人だけだが、皇位継承権は傍系にも在る。

単に重要人物を殺害する事で、社会不安を煽る、ヴァルデマル皇国の政治体制を揺るがす、といった目的で行っているのだとしても――

（どうにも迂遠な印象が拭いきれないな……そもそも何故、今、なんだ？）

暗殺するというのであれば、去年でも構わなかったであろうし、政治体制を揺さぶるという意味であれば、可能か不可能かはさておいても、皇帝を直接暗殺した方が影響力は大きかろう。

単にスカラザルン帝国側の誰かが――たまたま、今年に入って思いついた作戦というだけの事かもしれないが。

「ところでヴァネッサ・ザウア、とおっしゃいましたか？」

　ふとユリシアはヴァネッサの方に向き直ってそう問うた。

「そうね。私の事はガランド先生から聞いて？」

「はい。若様から聞いております」

　と頷いてから。

「かねてより一度お会いしたかったのです」

「……私に？」

「はい」

　と言ってユリシアは一歩前に出て。

「という訳でヴァネッサ・ザウアさん。脱いでください」

「…………は？」

　と短い沈黙を挟んでヴァネッサが間の抜けた声を漏らす。

「え？　なに？　何言ってるのこの子？」

　まあヴァネッサの困惑も当然である。

　そもそも木陰とはいえ昼の往来で、いきなり初対面の相手に脱衣を要請する家政婦というのは、いささか、尋常でない。

「脱いで見せて欲しいのです！」

「いや。えっと。嫌だけど」

「見せるのが駄目なら触って確かめるのです！」

そう言ってわきわきと両手の指を、まるで虫の足の様に動かしながらヴァネッサに迫るユリシア。

その様子を見ながら——

「ああ。お前が身に付けてるスカラザルン式の隠し魔導機杖が見たいんだよ。こいつは魔導機関技術者でな。珍しい魔導機関となると、弄くり回して分解したがるんだ」

とジンは説明する。

元スカラザルン兵で戦争奴隷の母を持つヴァネッサは、母から教わったスカラザルン式の魔術と、同じく母から譲り受けたスカラザルン式の可変型魔導機杖を、下着の様に身に付けている。

これは要するに隠し武器——暗器の一種であり、一見すると魔導機杖を持っていない様に見えるので、不意打ちに使うのに適した道具なのである。

「尚更嫌なんですけど⁉　私の切り札なんだから⁉」

「そう言わず！　ちょっとだけ、ちょっとだけでも！」

「ちょっ——なっ、どこ触ってるの⁉」

「ここか、ここがそうなのか、なのです⁉」

「ちょっと、ガランド先生⁉　助け――」

――などと。

いきなり組んずほぐれつしている若い娘二人を尻目に、ジンは物憂げな表情で晴れ渡る午後の空を見上げる。

「……何にしても待ちの姿勢では、追い詰められるだけか」

彼はそう呟くと、尚も絡み合っているのだか、取っ組み合っているのだか分からないユリシアとヴァネッサをその場に残して――ベニントン宮に戻るべく、歩き出した。

●

オストガル伯爵令嬢の一件は、公にされる事無く処理されると決まった。

事情を知っている者達には『他言無用』が言い渡され、オストガル伯爵家にもその旨を告げる書状がクリフォード第一皇太子名義で届けられる事になった。

『クリフォード殿下』は、体調不良につき午後の公務は全て中止、処理できるものに関してはベニントン宮内で片づける予定――と関係者達には告げられた。

この辺りは皇帝の側近を務めているサマラ・スミス――ユリシアの叔母が適切に処理してくれた結果だ。

そして――

「――ジン先生！」

ジンからの注文で『肉類を使わない料理』が出た晩餐の……後。

ルーシャがミラベルを部屋に送っていくのをジンが見送っていると、リネットが声を掛けてきた。

「どうした？」

「あの。ジン先生……お願いしたい事が」

「ふむ？　歩きながら話そう」

ジンはあてがわれた客間に向かいながらそう言った。

今から少し仮眠をとった後、彼は夜半にルーシャと交代する予定になっている。本来ならばリネットもルーシャと共にミラベルの警護につく筈だったが――

「私に――魔剣術を教えてください！」

「…………」

ジンは数歩歩いてから。

ふと立ち止まり、振り返ってリネットの額に左手を当てる。

「熱は無い様だが――」

「あ、いえ、違います、そうじゃなくて、えっと」

頬を赤らめながらリネットは言った。

「今まで以上に、厳しくっていうか、もっと、強くなれる様に、手加減とかなしで鍛えてほしいんです」

「……………手加減、か」

ジンは再び歩き出しながらそう呟く。

「別に手を抜いて教えたつもりは無いが」

「そ、それも違うっていうか、ジン先生に文句を言ってる訳じゃないんです。私、今日の事で自分が弱いんだって、思い知ったっていうか」

歩調を早めてジンの隣に並びながらリネットは言った。

「…………」

ジンは横目でリネットを一瞥する。

「ジン先生が居なければ、多分、『クリフォード殿下』は殺されていたと思います」

「それは、そうかもしれんな」

「それじゃ、駄目なんです」

とリネットは言った。

「私──ミラベルさんをお守りするって言いましたけど、守るんだって自分でも考えてたんですけど、私一人じゃ全然、守れてなくて──」

「だからもっと強くなりたい？」

「はい。ジン先生みたいに」

とリネットはひたむきな視線をジンに向けてくる。

「ミラベルさんだけじゃなくて、ルーシャや……ジン先生だって、守れる位に……！」

そこで自分の名前が出てくるとは思っていなかったジンは、一瞬、言葉に詰まった。

「………」

（……なるほど）

ジンは胸の内で苦笑する。

（自主性が……自分の欲求というものが出てきたか）

自己肯定感の低さから、ただただ、状況に流されるだけの生き方しかしてこなかった──自分の希望というものをそもそも持っていなかったリネットが、自分以外の誰かを守りたいと願い、その為に強くなりたいと願う。

それは恐らく喜ぶべき事なのだろう。

しかも友人であるルーシャのみならず、保護者であり師匠であるジンまでも守れる位に強くなりたいとは、随分と大きく出た感が在る。

だが――悪くない。

本当に悪くない。

そんな風にジンは……感じた。

（……そういえば）

ジンは奇妙な落ち着きの無さを覚えて、リネットから目を逸らす。

『私がジンを守ってあげるね』

そんな言葉を姉から聞いたのは、いつの事だったたか。

共に魔術が使えない『無能』であった上に、早くに両親を亡くしたガランド侯爵家の姉弟は、互いの存在に救われていた様な部分が在る。

幼馴染みのユリシアは確かに傍にいてくれたが、『無能』として生きる事の息苦しさ、魔術殺しの暗殺者としてしか周りに求められない辛さは、同じガランドの血を引く者にしか実感は出来ない。

だからこそミオが失踪した時、ジンは彼女に――たった一人の『同胞』に棄てられたのだと感じた。

守られるばかりで姉を守る事も出来なかった自分は、愛想を尽かされたのだと。

『ジン様に棄てられたら、棄てられたら、私――』

出会った当初、リネットはそんな事を言っていたが。

あるいはジンは、彼女にかつての自分を重ねていたのかもしれない。

だからこそ誰かに守られるだけでなく、守り返せるだけの力を、彼女に付けさせてやりたかったのかもしれない。

(……リネットが俺を守る、か)

奇妙にむず痒いというか……これはあるいは。

(照れくさい？)

暗殺者として自分の感情を制御しきる事に――モノの様に客観的に扱う事に長けたジンは、もう何年も感じていなかったその気持ちに、戸惑いを覚える。

そんな彼を、傍らを歩くリネットはどう感じたのか——

「あの、ジン先生？」

と首を傾げて不安そうにリネットが尋ねてくる。

「どうなさいました……か？」

自分が何か失言をしたのかもしれない、と恐れているのだろう。

ジンはしばらく、彼女に言ってやるべき言葉を頭の中で探していたが、やがて一つ溜息をついて、左手を再び彼女の頭に伸ばした。

「……俺と同じくらい強くなる？」

言葉に出して言ってみるとそれは、ひどく無謀な決意の様にも聞こえるが……何故かジンには、魔剣士として成長したリネットが、自分と互角に戦える姿、あるいは対等な相棒として自分と並んで戦う姿を、思い描く事が出来た。

愚直だが誠実なこの少女なら。

あるいは——ジンの妄想を現実にしてしまうのかもしれない。

「そういう事は、一人で眠れる様になってから、言え、生意気な」

「あだだだだだだだっ⁉」

ジンの指に、握りつぶさんばかりの強さで頭を掴まれたリネットが悲鳴を上げる。

「そ、それは、だから、ジン先生を侮ってるのではなくて、私の、覚悟の程っていうか……！」

涙目でそう訴えるリネット。

「……………まあいい」

手を離してジンは苦笑を浮かべた。

いつもの様に感情の制御の末に、取り繕い仮面として被る表情ではなく、ごく自然にそれは、ジンの顔に生じていた。

「実を言えばこちらも、少し『補講』の必要性を感じていたところでな」

「え？　補講、ですか？」

ぱちくりと目を瞬かせるリネット。

「そうだ。先に言っておくが、結構きついぞ。覚悟しておけ」

「は――はいっ！」

むしろ嬉しそうに笑顔で頷くリネットの、柔らかな金髪に覆われた頭に――ジンは奇妙な満足感を覚えながら、掌を置いた。

サマラ・スミスは爵位こそ持っていないものの、ヴァルデマル皇国の政治の中枢に位置する重臣の一人であり、今上皇帝の信任厚い女性認証官――つまりは上級官吏である。

かつて魔術師として『異界の勇者』を補佐し『魔王』討伐の旅に出た者が、スミス家の始祖だとされるが……既にその辺の話は伝説の域であり、皇帝の側近たるサマラ・スミスの名を知ってはいても、スミス家のなり立ちについては知らない者も多い。

ともあれ――

「お疲れ様。良く来たわね、ユリシア」

サマラはヴァラポラス宮内に設けられた自身の執務室にて、姪でありガランド侯爵家に家政婦として仕えているユリシアを迎えていた。

「サマラ叔母様もお久しぶりです」

とユリシアは一礼すると、サマラの勧めに従って来客用の椅子に座る。

ちなみに彼女は頑なに――ガランド侯爵邸を出て、皇宮を訪れる際にすら、家政婦の恰好のままだ。

おかしいといえばおかしいのだが、この点についてはもう何年も前から変わらないユリシアのこだわり――『自分が何者であるのかを忘れない為』なので、サマラも殊更に何か言うでもない。

スミス家の人間は偏屈者が多い。

故に説得など無駄だとサマラもよく知っているのだ。むしろヴァラポラス宮の関係者に『家政婦服で眼鏡の娘が訪ねてきたら、姪なのでそのまま通して』と伝えてある位だった。

「ところでクリフォード殿下がまた襲われたって？」

「はいです」

とユリシアは頷く。

「若様によると、スカラザルン帝国の関係者の仕業らしい、との事ですが……現状、物的証拠は確保出来ておりません」

「スカラザルンの……あの国も本当に懲りないというか」

とサマラは苦笑を浮かべる。

「ヴァルデマル皇国の不利益になる事ならなんでもするわよね。本当は領土がどうとか主権がどうとかもうどうでも良くて、ただただ我が国に嫌がらせがしたいだけなのではないかしら」

「国をまとめる為に、反ヴァルデマルを何百年も掲げてきた国ですから、それも致し方なしかと思うですよ」

と ユリシアは肩を竦める。

「それよりも若様からの言伝です」

「なんと?」

「『敵を欺くにはまず味方からというが、小細工も大概にしろ』と」

「何の事かしらね?」

と笑いながら首を傾げるサマラ。

「クリフォード殿下の、姉君の事だと思われます」

すました表情でユリシアは言った。

「あらまあ。殿下にお姉様が?」

と白々しくも大仰にサマラは驚いてみせる。

「初耳ね?」

「それもそっくりの目鼻立ちの方がおられるそうで」

「へえ……?」

「………」

しばしサマラとユリシアの間で微妙な沈黙が横たわる。

やがて——

「それだけ？」

と沈黙に飽きたかの様にサマラが促すと、ユリシアは首を振って言った。

「いえ。『仕事をこなすには攻めに転じる必要が在る。今回の襲撃者はスカラザルンの技術で使い捨ての暗殺兵器にされていたが、それを運んできたオストガル伯爵は、事情を知らなかった様だ』――」

まるで何かの詩歌を暗唱するかの様に、すらすらとジンの言葉を『再生』していくユリシア。声音はともかく、口調はジンのそれそのもの、まるで彼がこの場に居て喋っているかの様だった。

「『オストガル伯爵家令嬢エレミアの、ここ一年ほどの交友関係を調べて欲しい。素性の分からない人物との継続的、あるいは長期間の接触が在った場合は、その事についての情報が欲しい』と」

「分かりました、調べましょう」

とサマラは頷く。

「他には？」

「登記と実態に差のある不動産――所有者の死亡や権利放棄によって廃屋化している建物で、実体的には誰かが居住、あるいは使用していると覚しき建物の一覧を。特に三年前の停戦以前に、所有者が対スカラザルン戦の前線に出ていた可能性のある物件――」

「この皇都にそんな物件、何万件あると思うの？」

「比較的、港との行き来がし易い場所に絞って良いとの事です」

「……………ああ。海路で、第三国経由で我が国に送り込まれたスカラザルンの潜入工作兵が、どの辺りにいそうか知りたいという事ね？」

「はいです」

海路に限定したのは、陸路に比べて第三国を経由している分だけヴァルデマル皇国側の検査が緩いのと、まとまった人員や大きな機材――あるいは魔獣――を運び込む際にも、やりやすいという意味だ。

「他には？」

「他は『クリフォード殿下』御本人にお聞きになるので必要無いそうなのです。オストガル伯の姫は、『クリフォード殿下』と一旦、関係が切れていたので、『クリフォード殿下』としても細かい事は分からないそうで」

「分かりました。早急に調べて連絡します」

サマラは頷いてから――

「ところでユリシア？」

「何なのです？」

「もういい加減、意地を張るのを辞(や)めたら？」

「何の事でしょうかね？」

先のサマラの口調を真似(まね)てユリシアは言う。

「弟や妹も生まれたのだから、貴女(あなた)がスミス家の『跡継(あとつ)ぎ』にこだわる必要は無いでしょう？　その家政婦服、脱いで――普通(ふつう)の娘として、好きな男と結ばれても誰も責めはしないわよ？　叔母さん、貴女が婚期(こんき)を逃(のが)すどころか、生涯(しょうがい)、独り身でいそうな気がして心配なのよ」

「…………」

ユリシアは束(つか)の間(ま)、何か考えていた様だったが。

「今更(いまさら)なのです。物事には機会(タイミング)というものがあるですよ。それに――」

ふとユリシアの表情に自嘲(じちょう)めいたものが過ぎる。

「ミオ様の事がはっきりするまで、若様は惚(ほ)れたの何だのといった事は考えられないでしょう。いずれにせよガランド侯爵家とスミス家の関係はこれからも維持(いじ)されるべきです。私だけがそれを崩(くず)して良いという訳でもありますまい」

「堅(かた)いわねえ」

「スミス家の娘ですので。むしろ叔母さんが自由過ぎるですよ」

そう言ってユリシアは席から立ち上がる。

「では若様が待っておられますので、私もベニントン宮にしばらく滞在いたします」

「……気を付けてね」

綺麗な作法で――しかし他人行儀な一礼をする姪を前に、サマラは『やれやれ』とでも言うかの様に小さく首を左右に振った。

●

仮眠をとった後――深夜、ジンは西館に出向いてアリエルら四人が問題なく警護を続けている事を確認すると、東館に戻ってミラベルの私室へ向かった。

ルーシャ、リネットと警護役を交代する為である。

既に使用人達の大半は寝静まり、ベニントン宮は薄闇と静寂に満たされている。一人その中を足音もたてずに歩いていくジンは、まるで白い幻影の様にも見えた。

だが――

「――ん？」

ミラベルの私室に近づきながらジンは眉を顰める。

扉の前に立っている筈の少女達の姿が見えない。日中は部屋の中に入ってミラベルの傍で警護をしているが、さすがに対象が寝入るであろう夜は部屋の外で警護をするのが基本だ。

なのにリネットもルーシャも部屋の前に居ないとなると……

「…………」

扉の前に立つと、中から漏れてきた会話の声がジンの耳に触れた。

溜息を一つついてから、ジンは拳を握りしめて扉を叩く。

「クリフォード殿下、ガランドです。警備の交代に参りました」

そう断ってから、ジンは扉を開いて部屋の中に足を踏み入れた。

中では――

「あ。そうなんだ？　へえ、いいなあ」

などと――リネットとルーシャを相手に何やらミラベルがお喋りに興じている姿が見られた。

「――あ。ガランド侯」

とジンがすぐ傍に立って初めて、その存在に気が付いたとでも言う様に、ミラベルは朗らかな笑顔を向けてくる。

「既にお休みになる時間では？」

「そうなんだけどね」

ミラベルは何やら楽しげである。

「今、二人にウェブリン女学院の話を聞いていてね。私はクリフォードの演技を覚える必要もあったから、学校には通わず、家庭教師に勉強を教わっていたのよね」

確かに、如何に男女の別があるとはいえ、クリフォード第一皇太子そっくりの娘が学校に通っていれば、何かと話題になるかもしれない。未だ子供のミラベルがうっかり口を滑らせては全て台無しになるからと、大人達は彼女を周囲から隔離する様にしてクリフォードの身代わりに仕立ててきたのだろう。

ミラベルが学校というものにある種の憧れを抱いていたとしても不思議は無い。

「本当、私も通ってみたかったな、学校。すごく楽しそう」

「楽しいかどうかは人によると思います」

と言うのはルーシャである。

「正直に申し上げると、私もリネットも魔術の成績があまり良くないので、学校ではそれなりに苦労しています」

「そうなの？」

と目を丸くしてミラベルが言う。

「でも朝はあんなに――…………」

とそこまで言って。

何か勢いを失うかの様に、ミラベルの声が萎み、その表情が何処か虚ろなものになっていく。

「ミラベル様？」

気づかわし気にリネットが声を掛けると、ミラベルは瞬時に表情を元の朗らかなものに切り替えて首を傾げた。

「なに？　どうしたの？」

「え？　あ、いえ、大丈夫ですか？」

「なにが？」

きょとんとした表情で目を瞬かせるミラベル。

彼女を眺めながら――

「とにかくお喋りはまた明日の楽しみにとっておいてください。さすがにもう眠る時間ですよ」

と言い、ジンはリネットとルーシャに部屋に戻って眠るように命じた。

「しっかり寝て身体と精神を休めるのも、護衛の仕事の内だ」

そう言われては、リネットもルーシャも反論がある筈もない。

二人はミラベルに一礼すると、連れ立って部屋を出て行った。

そして――

「もっとお喋りしたかったんだけどな……」

「殿下――いや。ミラベル」

ジンは抑えた低い声で彼女の名を呼んだ。

「今はクリフォード殿下を演じる必要は無い」

「なにそれ？　別に演じてないけど」

と笑いながらミラベルは言うが。

「そうだな。言いなおそう。無理に『何でもない』事の様にふるまう必要は無い。殺されかけたんだ。しかも尋常でない方法で。オストガル伯爵の様にしばらくは言葉すら出てこなくなっても不思議は無い」

「…………」

黙り込むミラベル。

彼女の——膝の上で組んだ両手が、細かく震えていた。

(自分自身は必要とされていない。だから自分というものを胸の奥底に沈めて表に出さない。気持ちを他人に伝えない。そういう風に——心掛けて生きてきた、か)

以前のリネットとは経緯も方向も異なるが、このミラベルという娘もまた自分という存在に価値を見出していない。

ミラベル・ヴァルデマルという人間は誰にも必要とされていない。

だから『クリフォード第一皇太子』のものとは異なる自分だけの望み、自分だけの気持ち、そういったものを押し殺して、表に出さず、誰にも伝えずに生きる事が、当たり前になっているのだ。

それを不憫とは言うまい。

幼い頃ならばともかく、今もそれを続けている以上、ミラベルが自分で選び決めた事でもあるのだろう。さもなければここまで徹底して身代わりを演じる事など出来はしない。

だが——

「お……おかしい、な」

とミラベルはわずかに表情を引き攣らせて言った。

「命を狙われる事だってあると、教えられてきた筈なんだけど……分かってたっていうか、覚悟してたっていうか……なのに、落ち着いたら、その……急に……」

言って自分の右の掌を見るミラベル。

「震えが止まらないんだよね……情けないな、やっぱり女はこれだから、とか言われちゃう。クリフォードは、暗殺されかかった時も、震えてなんかいなかったんでしょ？」

「…………」

ジンはおもむろに手を伸ばすと、ミラベルの右の掌に、己(おのれ)の左手の平を重ねた。

「——ガランド侯？」

「…………」

指を絡めてジンはミラベルの手をしっかりと握りしめる。

その震えを——押さえ込む様に。

「あ、あの、ガランド侯——」

「貴女の言う様に、クリフォード殿下は殺されかかっても震えてはいなかった、確かに」

「…………」

「だからクリフォード殿下を今後も演じるのであれば、貴女も震えてはいけない。酷(こく)な様だが、貴女も納得(なっとく)ずくで始めたのなら、演技も貫(つらぬ)き通すべきだと俺は思う」

「うん……うん……」

小さく何度も頷いて、ミラベルは——ジンの左手ごと自分の右手を挙げると、額をそこに押しつける。

彼女はしばらくそうしていたが……

「あと少しだけ、こうしていて、いいかな」

「この部屋の中でなら」

とジンは言う。

「じゃあ——あのね。私が眠るまで、眠れるまで、こうやって手を握っててもらっていいかな」

「仰せのままに」

もう随分と前になるが…………ジンも子供の頃、目を閉じて眠るのが怖かった時が在る。夢を見る事すら恐ろしかった時期もある。

人間が呆気なく死んでしまうのだという事実を突きつけられた直後には、自分も眠ったらそのまま二度と目覚めないのではないか……などと益体も無い事を考えてしまうのだ。

「じゃあ、ガランド侯——ひゃっ？」

いきなり抱き上げられたミラベルは、素っ頓狂な声を漏らした。

「ちょ、ちょっとガランド侯——」

「…………」

ジンは黙って彼女を寝台（しんだい）まで運ぶと、その上に横たえる。

改めて寝台の端（はし）に腰（こし）を下ろし、右手を握ってやりながら――

「――良い夢を。ミラベル・ヴァルデマル」

ジンはそう告げた。

●

オストガル伯爵令嬢の襲撃（しゅうげき）事件――その翌日。

「――緊急（きんきゅう）で特別授業をします」

ジンはリネットとルーシャ、それに西館でデイヴィッドやオーガスタについていたアリエルら四名も呼び出すと……ベニントン宮東館の大広間にてそう宣言した。

元々は舞踏会（ぶとうかい）などを開くための場所である為（ため）、屋内とはいっても相当な広さがある。それこそ立ち回りをしても問題が無い程（ほど）に。

そして――

「兄上、兄上、特別授業ってなんでしょう？」

「私達を守ってくれているあの姫騎士達に、ガランド侯が新たな魔剣術の『奥義』を授けるみたいだよ」

そんな言葉を交わしているのは、広間の端に用意された席に座っているデイヴィッドとミラベル、いや『クリフォード』だった。

デイヴィッドの隣にはオーガスタの姿も在る。

「私も剣術そのものは近衛の騎士達に習っていたからね。興味深い。実に興味深い。なのでガランド侯には無理を言って、見学させて貰おうと思ってね」

と『クリフォード』は笑うが、実のところ、皇太子二人と、更にオーガスタが此処に居るのはジンの要請による。警護を『一時休止』する訳にもいかないので、彼等に足労願った形である。

恐らく『クリフォード』の言葉はミラベルがジンに気を使っての事だろう。

あるいは昨晩の『御礼』位に彼女は思っているのかもしれない。

「兄上、私も魔剣術を覚えたいです！」

と何やら眼を輝かせて無邪気に訴えるデイヴィッド。

どうやら西館でアリエルらに警護されている間に、彼女等に頼んで魔剣術を見せてもらったらしい。

勿論、魔剣術といっても、実際には通常の魔導機杖を用いて魔術を使うのと、その効果は大差無い。最終的な到達点は同じでその過程が違うというだけの事だ。

ただ歩法と呼吸法で魔術式を編む魔剣術は、初見の人間には、まるで踊っているかの様に、優雅に見える事もある様で――子供心に『普通に魔術を使うよりも恰好いい』と思ったのかもしれない。

ともあれ――

「『敵』の正体が何であれ、昨日のクリフォード殿下を襲った者達のやり方からすれば、手段を選ばず襲ってくる可能性が高い」

ジンは居並ぶ少女達六人を見回して言った。

「貴女達は敵が魔術で襲ってきた場合には、破魔剣でこれを無効化し、こちらからは魔術攻撃をする、という手法で対応出来る訳ですが。敵が魔術を使わずに――正確には『外向き』の魔術を使わずに、襲ってきた場合には、貴女達の魔剣士としての優勢は揺るぎます」

実際、昨日のオストガル伯爵の娘エレミアやその従者達は、魔導機杖を使って攻撃を仕掛けてきた訳ではない。

魔剣士はあくまで魔術殺し、魔術士の天敵だ。

故に――肉体そのものを凶器と化して襲ってくる敵には、むしろ不利な部分さえある。

生身の肉体に対して、武器としての破魔剣は、通常の刀剣類(とうけんるい)と大差無く、一方、魔導機杖剣も魔導機杖を用いたものよりは発動が速いとはいえ、一定の手順は必要な以上、凶器を手に襲ってくる相手に対しても、即応(そくおう)可能とは言い難(がた)い。

故に――

「なので『内向き』の魔術で君達も純然たる格闘(かくとう)能力を底上げしておく必要があります」

肉体強化。認識(にんしき)加速。

厳密には己の体内の分泌物(ぶんぴつぶつ)を操作して、代謝速度そのものを加速、一時的に運動能力を上げる方法だ。

そもそもジンは――以前、リネットに施(ほどこ)した様に、指圧術で全身の血や気の流れを調整して他人の運動能力をある程度弄(いじ)る事は可能だ。

だが、今彼が教えようとしているのは、少女達が自らの魔術で、自分の運動能力を強化する方法だった。いわばジンの指圧術の代わりに魔術を使って自己強化を図(はか)る、という事である。

勿論、ジンが指圧術を六人全員に施す事は可能だが、四六時中強化したままというのは疲弊(ひへい)が激しすぎるし、かといって、敵が襲ってきてから、ジンが一人ずつ施術(しじゅつ)していくなどという悠長(ゆうちょう)な方法を採る訳にもいかない。

「ああ、それから……」

ジンはふと思い出したかの様に指を一本立てて言う。

「いつまでも受け身でいては状況が打開出来ません。なので私は『敵』の素性と所在が確認出来次第、攻めに転じます」

「ジン先生……？」

「そんな事が……？」

と少女達が驚くのも当然だが。

ヴァネッサとサマラ、二方向から調査を進め、ある程度、条件を絞ってやれば相手の潜伏地を十かそこらにまで絞る事は可能だろう。何よりオストガル伯爵の件から、『敵』はエレミアや使用人達と個人的な接触が在ったと思われる以上、彼女の立ち回り先を調べていけば更に候補は絞れる筈だった。

勿論、相手がずっと同じ場所に居るとは限らないが、人間を複数、『造り替える』以上、医療設備なり魔導機関なりを――気軽に動かせないような重量物を、置いておく為の場所は必要である筈だ。

自爆兵器の『量産』を阻止出来れば、それだけでも相手の戦力を削ぐ事になる。

「その際、私はこのベニントン宮を離れる可能性がありますから、君達で殿下等をお守りせねばならない。その意味でも戦力の増強は必須です」

「ですが――ジン先生？」

と片手を挙げて発言するのはルーシャである。

彼女は一同を代表して至極当然の疑問をぶつけてきた。

「付け焼き刃で……そんな事が？」

「ええ。付け焼き刃なのは、その通り」

とジンは肩を竦める。

リネットに『もっと強くなりたい』と昨夜、言われた訳だが……だからといって『それでは』と文字通りに一朝一夕に強くなれるなら、誰も苦労して地道な鍛錬などすまい。

ただ――

「ですが、貴女達は既に基礎は出来ていますからね。半年前では無理だったでしょうが、今なら……あるいは。それでも本来は、繰り返し、繰り返し、飽きる程に繰り返して、習熟する事で覚えていく事です」

ジンはルーシャの前に来るとわずかに身を屈めて彼女と視線を合わせた。他の少女達はこうすると反射的に眼を逸らすのだが、この気の強い公爵家令嬢は、むしろ正面から堂々とジンと眼を合わせてくる。

「ですから、少々無茶な方法を、とります」

「無茶、ですか？」

「――リネット」

眉を顰めるルーシャから視線を転じて、魔剣術の一番弟子に声を掛けるジン。

「は、はい！」

「お前には前に一度、近いやり方をした事があるね」

「――え？」

「指圧術で経絡に干渉して、お前の身体の動きを最適化したろう？」

「あ、あの痛気持ちいい……やつ、ですか？」

とリネットが目を瞬かせながら言うと。

「……痛……気持ち良い？」

とルーシャや他の四人の少女が顔を見合わせてざわめく。

「リネット、一体それはどんな――」

「あ、えっと、ジン先生が――わ、私の身体のあちこちを触って」

「…………」

「それから、ぐっと……その、ねじ込んできて。最初は凄く、痛かったんだけど、途中から痛いのが溶けて、気持ち良くなってきて……最後は腰が抜けちゃって……」

「………」

話を聞いている少女達の表情が、戸惑いの色を帯び、更には羞恥の赤みを帯びていく。どうやら彼女等は勘違いをしている様だった。

「……え……まさかジン先生……リネットと？」

「しかも今ここで？　殿下もみておられるのに？」

……等々。

『クリフォード』もデイヴィッドに何の話かと聞かれている様子で……苦笑を浮かべて何か耳元に囁いているのが見えた。

「リネット。お前の説明では誤解を招くからその辺にしておきなさい」

とジンは溜息を一つついて言うと、リネットに手招きする。

「まずこっちに来なさい」

「は、はい」

ジンはリネットと向かい合うと、自らは〈影斬〉を抜く事無く、リネットに〈霞斬〉と〈紅蓮嵐〉を抜いて身構えるように指示。

リネットが従うと——

「では、いくよ」

「え？ いくって――」

彼女が戸惑っている間に、ジンは一歩前に踏み出すと、彼女を指さすようにしてその右手の人差し指を突き出していた。

「――っ！」

さすがに半年余り、毎日、一日も欠かさずジンが訓練してきただけあって――リネットは迅速に反応した。

ジンの動きに対応して半歩後ずさる。

二歩も三歩も後退せず、半歩に留めたのは、間合いを見切るようにジンがしつこく教えたからだ。あまり距離が空くと、途端に相手から魔術の攻撃が飛んでくるし、そうでなくともジンは縄鏢や投擲剣に切り替えて攻撃してくる。

「いいぞ。よし」

と頷きながらジンは――速度を上げた。

右手を引いたかと思うと入れ替わりに左手の指を突き出していく。これをリネットが避けた途端、今度は下から彼の革靴の爪先がリネットの身体に食い込まんと跳ね上がってきた。

便宜上、指圧術などと呼んではいるが、経絡を突くのに何も指でなければいけないという事は無い。極論、適切な早さと角度であれば、頭突きでも経絡を突いて相手の身体機能に干渉出来る。

「ひあっ⁉」

以前、指圧術を施された時の、当初の痛みを覚えているのだろう。

リネットは必死に突き出されるジンの指をかわし、反撃しようと試みるが――ジンの動きが速い上に手数も多い為、剣を構えて振る余裕が無い。勿論、魔剣術の歩法と呼吸を以て魔術を練り上げるなど、もってのほかであろう。

当然――

「あっ……あっ……あうっ⁉」

逃げ続ける、かわし続けるのにも限界が来る。

遂にリネットの胸の下――鳩尾にジンの左手の人差し指が突き刺さる。

「うあっ――」

やはり痛いのか、大きく仰け反り姿勢を崩すリネット。

だがそのまま仰向けに転倒するのは、ジンが許さなかった。

素早くもう一歩踏み込んで、彼は伸ばした右手をリネットの腰に回す。

倒れかけていたリネットは、ジンの右手によって引き寄せられ、仰け反り気味の体勢のまま、彼に抱き締められていた。

「……!?」

驚きに目を見開くリネット。

だが次の瞬間、ジンは腕を離し、リネットはくるりとその場で一回転しながら彼の抱擁から解放されていた。

「続けなさい。そのまま――基本の歩法に沿って」

ジンがそう命じてくる。

「――!」

リネットは改めて魔剣術の基礎たる歩法を意識する。

自分の呼吸、自分の脈拍、自分の筋肉の収縮――その全てを使って『意味』を編む事こそが魔剣術の基本。

理論上、極めれば魔導機剣無しでも、自由自在に魔術を発動させられるとユリシアは言っていたが……さすがにリネットや他の少女達は未だその域に達していない。

ただ――

「左手が留守になっていますよ。それでは魔術は発動しない」

「……くっ⁉」

ジンは更に容赦無く指をリネットの身体に突き刺してくる。

彼は剣すら抜いていない、それどころか左手は下げたまま、右手の人差し指一本で、息つく暇も無い程にリネットを攻め立てている。

（これって……！）

何度も指を身体に突き刺され、その度に痛みと衝撃で姿勢を崩しそうになっては強引にジンに引き戻され——これを繰り返している内に、リネットは気がついた。

ジンは文字通り『身体に教え込む』方法を採っているのだ。

手取り足取り、強制的に件の『内向きに使う魔術』の為の動きをリネットがする様に導いている。

実際——

（身体が——）

熱い。認識が加速する。

まるで焦燥感で時間感覚が間延びしているかの様に、リネットはいつの間にか自分の周囲の時間が、ゆっくりになっているかの様な錯覚を起こしていた。

体内の分泌物が調整され、いわゆる『火事場の馬鹿力』を発揮するかの様な状態になっているのだ。

（気持ち良い……！）

ジンとの修練の最中、限界まで身体を痛めつけて鍛えた際、突如として苦痛が消えて、空中に浮かぶかの様な浮遊感と多幸感に満たされる事が何度かあったが。

今、リネットはごくごく短時間でその状態に達している。

これがジンの言う『内向き』の魔術。

魔術の効果を内分泌物の調整に使うもの。

そして――

「……なんだか」

と――奇妙に研ぎ澄まされている聴覚が、広間の端に座っているデイヴィッドの呟く様な声を拾ってくる。

「魔剣士のお二方は、鍛錬というより、踊っておられるかの様に見えますね。すごく、楽しそう」

（――楽しそう？）

リネットにしてみれば必死にジンの『教導』についていっているだけなのだが、デイヴィッドにはそう見えているのか。

いや。他の人間にも？

「そうだね。いや。確かにあれは――気持ちよさそうだ」

と何やら羨むかの様な口調で言う『クリフォード』の――いや、ミラベルの声までが聞こえてきた。

やがて――

――たん！

と靴底が床を叩く音が響いて。

「――以上。リネット、今の感覚をよく覚えておきなさい」

「……は……い」

ジンの宣言と共に文字通りの『教導』が終わる。

リネットは――まるで全力疾走でもしたかの様な疲労感と共にその場に座り込んでしまう。だが決して不快でも苦痛でもなく、奇妙な達成感が身体の奥に確かに在った。

今の短い時間で身体が覚えたのか。

（後で……やってみないと……）

「リネット⁉　大丈夫？」

「ルーシャ……？」

とルーシャが慌てて駆け寄ってくるのを見ると、自分は恐らく傍目に普通の状態ではないのだろう。鏡は無いが、自分の表情がひどくだらしなく緩んでいるという自覚は在った。

そして――

「では次」

とルーシャとリネットの間にするりと割り込んでジンが言う。

「ルーシャ・ミニエン」

「え？　あ、は、はいっ⁉」

いきなり二番手に指名されたルーシャが、引き攣り気味に応じる。

「よろしくおねがいし――はぐっ⁉」

いきなりジンに指を鳩尾に突き刺され、おかしな声を漏らして身体を傾ける友人の姿を見ながら――リネットは疲れて眠るかの様に、するりと己の意識を手放していた。

第3章　籠城戦

午後の何処か気怠い日差しを受けながら、白亜のベニントン宮は静寂に包まれていた。

元々このベニントン宮は、主であるクリフォード第一皇太子の『趣味』で、各種使用人を女性に限定している。野外の力仕事、汚れ仕事の比重が大きい事から男性が圧倒的に多い庭師も、わざわざ女性を探してきて雇い入れている状態だ。

勿論、皇太子や皇妃が暮らす離宮に勤める以上、その身元は厳重に調べられる事になり……いかに若い女性であろうと、雇用の条件に合っていようと、経歴に怪しい部分があったり、親族や交友関係に『不適切』な人物が居れば、それだけで当然の様に審査ではねられてしまう。

要するに恐ろしく狭き門なのである。

なので、ベニントン宮は元々、その規模に比して使用人の数は少ない。

ベニントン宮が静謐なのはいつもの事であるのだが。

「――失礼します」

そう言って『クリフォード殿下』の私室に入ってくるのは、ユリシアであった。

彼女は台車に茶器一式と、お茶請けの菓子を載せて歓談中だったリネット、ルーシャ、そしてミラベルの所にやってくる。

「あ、ユリシアさん――」

「はい。ユリシアさんなのです」

と何故かきらりと眼鏡を得意げに光らせて言うユリシア。

「ユリシアさんが、えっと、給仕を？」

「はいです」

何処か不安げに尋ねるリネットに、ユリシアは大きく頷いた。

「家政婦の恰好をしているのに、一切家事のお手伝いをしないのも変かと思いまして」

「……はぁ」

とリネットが曖昧に頷くのは、元々、ユリシアはオストガル公爵令嬢の一件で、現場の調査、遺体の検分の為にやってきたからである。

つまり魔術士、魔導機関技師としてここに来ているのであって、家政婦として働く為ではない。

ところが何故かユリシアは頑として家政婦服を脱がないので、当初、ミラベルやディヴイッドも『新しい家政婦？』と勘違いした位である。

「あの。ユリシアさん」

とリネットは恐る恐るといった感じで尋ねる。

「ジン先生は黒い服がお好きですけど、ユリシアさんも、その家政婦の衣裳に何かこだわりが？」

「……当然でしょう」

とユリシアは言った。

「家政婦はこの衣裳を着ているから家政婦なのですよ。この服を脱いだら私はただの眼鏡美少女になってしまうではないですか」

「…………」

臆面も無いもの言いに顔を見合わせるリネットとルーシャ。

「――そもそも家政婦のこの衣裳は、装飾性以前にその機能性から」

「ごめんなさい、えっと、よく分からないけどごめんなさい、聞いてごめんなさい」

ユリシアが喜々として自分の服装について語り始めるのを察して、リネットは慌ててこれを止めた。ユリシアが何かその『趣味』に関連する話を語り始めると、延々終わらない事を知っているからである。

「でも、そのお茶とお茶菓子は、ユリシアさんが？」

若干、怯え気味にそう尋ねるリネット。

ユリシアが料理と名の付くものは壊滅的に下手だという事を、これまた知っているからである。ジンに言わせると、ユリシアのそれは『実験』であって『調理』ではないのだそうだ。

「残念ながら違いますです」

とユリシアは首を振る。

「さすがに私も他所のお屋敷で調理場をいきなり借りる様な真似はしないのです」

「はぁ……」

「ですが、一応、運ぶ途中で、魔術で走査はしております。毒物、劇物の反応は調べた限りでは検出されていないので、安心してお食べになるがよろしいのですよ」

と言ってユリシアは茶器とお茶請けをリネットらが囲んでいる卓に移していく。

その様子を見ながら――

「――ふふっ」

と笑みを漏らすのはミラベルである。

「面白い家政婦だね」

「『クリフォード殿下』におかれましては、まるで恋の始まりを予感させるような物言いをなさいますですね」

とユリシアは肩を竦める——が。

勿論、ユリシアは眼の前の『クリフォード殿下』がミラベルである事は知っている。

「そうかな?」

「そうですとも。これは玉の輿の可能性が?」

「ガランド侯に嫁ぐという事は無いの?」

「若様にですか? まさか」

とユリシアは言って茶器を置き終わると、優雅に一礼して部屋を出て行く。その様子をしばらくリネットらは眺めていたが——

「……前から思ってたけど、変な人よね」

と呟くのはルーシャである。

「そもそも幾つなんだか……」

「聞いても教えてくれないの」

と苦笑して言うリネット。

「私達よりは上だと思うんだけど……」

「歳下だと言われても違和感ないわよ。でも前に少し話した限りじゃ、魔術関係の知識は賢者級でしょう。確か私達の破魔剣と魔導機剣もあの人の作でしょう？　どう考えても普通じゃないわ」

　とルーシャは言って溜息をつく。

「なんだかジン先生に対する態度も、変だし」

「あ。それは幼馴染み……だからじゃないかな？」

「幼馴染み？」

「家ぐるみの付き合いだって話だから……」

　スミス家は代々、ガランド家に仕える使用人を出している。ユリシアが家政婦になるのも、彼女が生まれた時にはもう決まっていたのだとか。

　初めて顔を合わせたのもお互いが未だ五歳かそこらの頃だという。

「……って事はジン先生と同じ位の、お歳なの、あの人？」

「どうかな……」

「――というか」

　一口、お茶に口を付けてから、ふと想いだした様にミラベルが言う。

「そもそもジン・ガランド侯爵ってお幾つなの？」

「え？　あ――」

改めて問われて戸惑うリネット。

実を言えば知らないのだ――八ヶ月も一緒に暮らしてきて、彼の年齢はおろか、過去についても殆ど知らない。

根掘り葉掘り聞いてジンに嫌われるのが怖かったという事もあるが、リネットにとってはジンもユリシアも、彼等の過去がどんなものであっても関係のない存在だったのだ。

現在、自分と普通に接してくれるだけでも有り難い、大恩のある、とても大事な人達――という認識なので、知る必要を感じなかったという事もある。

「生年月日は貴族名鑑に載っているのでは？」

とルーシャ。

皇国貴族院が毎年発刊している貴族名鑑――というか皇国貴族の名簿には、確かに諸々の情報が記載されているのだが。

「あれって漏れが多いし、自己申告だから結構、誤魔化されてるよ？」

ミラベルが笑いながら言った。

「そもそも私もクリフォードも年齢とか誤魔化されてるし」

「え？　そうなんです⁉」

と眼を丸くするリネットとルーシャ。

ミラベルがその出自を正確に記載されていないというのは今更の話だが、クリフォードの年齢までというのは初耳だった。

「私も詳しい事は知らないけれど、第一皇妃が、長い間、子供が生まれなかったから……だからオーガスタ様が第二皇妃として迎えられたって話だけれども、どうもその辺も色々あったらしくて。家の面子とか、格がどうのとか……」

「……まあ貴族社会ではよく聞く話ですが」

と若干、辟易した様子でルーシャが言った。

「妾腹の子を正妻との間の嫡子として登録したりとか」

「何処からか養子を引っ張ってきて、亡くなった実子として登録したりとかね。家門の断絶を防ぐ為とかいうけど」

「…………」

リネットは一瞬、表情を強ばらせたが、ルーシャとミラベルは幸いにも気がつかなかった様だった。

「でもミラベル様――ジン先生のお歳が気になります？」

とルーシャは首を傾げて問うた。

「うん。なんか、いいよね、彼」

とミラベルはあっけらかんとした笑顔でそう言った。

「いいよねって――」

「愛想は無いけど、実は結構、優しいっていうか、気を使ってくれる所とか――」

「あ、はい、ジン先生はそういう所、すごく――」

と同意してから。

「――え？　今、ミラベル様、なんて？」

と眼を丸くして問うリネット。

「だから結構、素敵な殿方よねって」

「………」

「あの――まさか、ミラベル様？」

と黙り込んだリネットの代わりにルーシャが声を掛ける。

「いいよね、というのは、その――」

「ガランド侯って独り身よね、確か？」

「先生は未だ御結婚はされていないですが……」

とルーシャは若干、戸惑いの表情を浮かべてそう答える。

「さっきのユリシアって人もそういう関係じゃないって言ってたし」

「それはそうですが」

「クリフォード殿下役もいつまでもって訳ではないでしょうし、終わったら私は別の貴族の養女に戻る訳で」

とミラベルは未だ見ぬ未来に思いを馳せる様に、明後日の方を見ながら言った。

「私もそろそろ適齢期だし、ガランド侯とお見合いなんていうのも、ありかなあとか。『御役目』務めた後なら、それなりに我が侭も聞いて貰えそうだし？」

確かに若い内はさておき、歳をとってからもミラベルがクリフォードの代役を務めるのには無理が在るだろう。当然、いつかは『お役御免』となる日が来るのだ。

その時――クリフォードの身代わりをしてきたミラベルは、幾つも機密に属する様な情報を握っている立場だ。ならば多少の我が侭を言っても、聞き入れられる可能性は在る。

「……ミラベル様は、女の子がお好きなのではなかったのですか？」

「うん。どっちもいけるよ」

とこれまた平然と肯定するミラベル。

「前にも言ったけど、クリフォードの替え玉をするなら、女の子といちゃいちゃも出来るようになっておかないといけないからね。実際に寝台で事に及んだ経験は、未だ無いけど

「――当たり前だけどね」

とミラベル。

さすがに如何に顔が似ているからといっても、情事まで女のミラベルがクリフォードの代わりを務めるのは無理だろう。

そしてミラベルはふと何かに気がついた様子でルーシャの顔を覗き込んだ。

「あ、ひょっとしてルーシャ？　妬いてる？」

「妬いてません」

憮然とした表情でそう答えるルーシャ。

「ガランド侯ってどんな女性が好みなのかな」

とミラベルは興味津々の態で身を乗り出してそんな事を聞いてくる。

「身内ならその辺――知らない？　リネット？」

「わ、分かりません……」

「というか恋人とかそういう感じの人は居る？　居ない？」

「分かりません……」

「ややこしい事情、背負った女とか、嫌がるかな？」

「――それはないと思います」

ときっぱり答えるリネット。

「そうなんだ？」

いきなりリネットの口調が変わった事に驚いたのだろう、ミラベルは眼を瞬かせて問い質してくる。

「はい。そうだと——思います」

そもそも面倒事を嫌がるのなら、仕事先で出会った奴隷堕ち令嬢を、引き取ったりする事も無かったであろうし。

「ジン先生は——」

実際、リネットはジンの事について驚く程に何も知らない。

以前、寝物語にユリシアに求婚して振られた、という話は聞いたが、あるいはジンはずっとその時の事を引きずっていたりするのだろうか。

だから一緒に寝ていても、ジンは自分に手を出してこないのか。

それとも——単に自分に女としての魅力が無いからか。

(前に、行方不明になったお姉さんがいらっしゃるって、聞いた事はあったけど——)

ガランド家そのものの歴史や、暗殺者としての腕前はさておき……ジンの個人的な事、特に彼の為人を形作ったであろうその過去について、リネットが知っているのはその程度のものだ。

後は、黒い服にこだわりがあるとか、意外と甘党だとか、肉は鶏肉が一番好きとか……そんな益体も無い話位か。

「リネット？」

俯くリネットに何を感じたのか、ルーシャが気遣わしげに声を掛けてくる。

「どうしたの？」

「あ、うん、私、ジン先生の事、何も知らないなって……」

「じゃあ彼が帰ってきたら、皆で聞こうか」

あっさりそんな事を言い出すミラベル。

「『ジン先生』はどんな子が好みですか？　私なんかどうですかって」

「ミラベル様？　それはさすがに不躾に過ぎないですか？」

とルーシャが眉を顰めて言うが、ミラベルはまるで気にした風が無い。

「そう。手っ取り早くていいと思うけど。恥ずかしがって聞かないでいたら、『ジン先生』の好みそのものずばりの人に、よこからかっさらわれたりとか――あ」

ふと何かに気がついた様子でミラベルは眼をルーシャに向ける。

「ひょっとして、ルーシャも狙ってたりするの？　ガランド侯爵夫人の座」

「は⁉　な、何を――」

と顔を赤くする所を見ると、ミニエン公爵家令嬢も、自分がガランド侯爵家に嫁ぐ可能性を考えた事はあるらしい。

「あ、あの、ルーシャ？」

「ち、違うから、別にそんなんじゃないから⁉」

と――彼女にしては珍しく、わたわたと慌て気味に両手を振り、首を振って、リネットにそう言い訳するルーシャ。

そんな彼女をミラベルはしばらく眺めていたが。

「ああ。照れてるルーシャも可愛いね」

「本当になんなんですか、貴女は⁉」

ルーシャは悲鳴じみた声でそう叫んだ。

●

ジン・ガランドはこの三日ばかりベニントン宮を離れていた。

新たな魔術を習得したリネットらに警護を任せ、更にユリシアも呼んだという事で、自分は警護役を離れ、『攻め』に転じていたのである。

具体的には——

「——俺の祖先の『郷里』に『灯台もと暗し』って諺があってな」

「は？　なにそれ？」

唐突にジンの口から出てきた話題に、眉を顰めて応じるのは、彼と共に夜半の街路を歩いているヴァネッサだった。

「貴方の祖先って——『異界の勇者』でしょ？　って事は異界？　というか『トウダイ』って何？」

「灯台というのは、夜間の船舶の運航を助ける為の巨大な照明だな。大概は塔の形をしていて、てっぺんに投光器があるそうだ」

普段の『ジン先生』の恰好ではなく、暗殺者〈影斬〉としての黒い衣裳に身を包んだジンは、抑えた声でそう言った。

ヴァネッサもまっ黒ではないが、暗色の外套を羽織っている為、二人して灯りも持たずに——しかも気配を抑え気味にして夜の街を歩いていると、まるで影が本体から離れて彷徨っている様にすら見える。

どちらも経験を積んだ暗殺者、目立たず行動する事は基本中の基本……会話していてさえ、二人の存在感は闇に溶け込んで希薄だ。

「船が座礁――陸地に乗り上げてしまったり、ぶつかったりしないように、ここから陸地ですと示したりする訳だ」

「あー……」

と若干、緊張感を欠いた声を漏らしながらヴァネッサが頷く。

ヴァルデマル皇国もスカラザルン帝国も、その国境線の大半は陸地であり、海に接している部分は少ない。この為、そもそも言葉としての海は知っていても、見た事が無い者も多い。

灯台となれば尚更である。

実を言えばジンも灯台というものを実際に見た事は無い。

ともあれ――

「ただ、遠くの船に光を届ける為の施設だからな。てっぺんは目映い一方で、その基礎部分――足下は暗いまま、なんて事が起こりうる訳だ」

「それは分かるけど」

「そこから転じて『案外、人間は身近な物事の事情に疎い事や、身近な事は案外わかりにくいものである』という喩えだな」

「…………迂遠ねえ」

とヴァネッサは苦笑する。

「でもまあ言いたい事は分かるわ」

「要するに『敵の根城を必死に捜していたら実は家の裏に在った』なんて事が在ったりする訳だな」

と足を止めてとある建物を見遣るジン。

ヴァラポラス郊外——ベニントン宮に程近い場所にある、民家の一つ。

貴族の屋敷が建ち並ぶ辺りからは外れ、庶民の、比較的小さめの家屋が建ち並んでいる街区だ。

ジン達が物陰から見ているその建物も、ベニントン宮や、ガランド邸と比較すると半分以下の規模の、小振りなものであった。

「まあ家の裏とまではいかないけれどね」

「正直、直線距離という意味では、ヴァラポラス宮やオストガル伯爵邸よりも近い位置にあるからな」

……ユリシアがヴァラポラス宮の皇室関係者に調査を依頼した結果、作成された一覧にある『敵の根城と覚しき建物』の一つ。

その中から更に関係者がオストガル伯爵の関係者、特にエレミアと何らかの接触が在った者に絞った結果、この建物を含め、十件程に絞る事が出来た。

この三日間、ジンはヴァネッサと共に、それらの物件を一つ一つ調べてきたのだ。

そして――

「これは――当たりだな」

建物を眼を細めて見つめながらジンが言う。

「何を根拠に？」

「勘だが」

「暗殺者〈影斬〉の勘なら、まあ信じてあげてもいいかもね？」

といってヴァネッサは肩を竦める。

「どうせならその勘ってやつで、もっと早くに見つけ出して欲しかったけど」

「――さて。覚悟はいいか？」

「ここまで来てそれ聞く？」

とジンに苦笑するヴァネッサ。

皇太子らを警護する人員は動かせない以上、敵の本拠に攻勢に出る場合、ジンが自ら乗り込むのが最も手っ取り早い。

そして相手の規模が分からない以上、こちらの手勢も多い方がいい。

そういう訳で、ジンは正式にヴァネッサを雇う形で引っ張り出して、自分に同行させている訳だが。

「というかあの変な家政婦連れてきた方が良いんじゃないの？」

「ユリシアはああ見えて運動能力が低くてな」

とジンは言った。

「ふぅん？」

「拠点防衛ならともかく……臨機応変に現場で動き回る場合には、むしろ足手まといだ」

とヴァネッサは首を傾げて興味深そうにジンの横顔を眺める。

「それと、殺人の経験が無いからな」

「ああ——まあそれは面倒臭いわね」

要するにジンがヴァネッサを同行者に——相棒に選んだのは、敵の根城を襲撃する際、エレミアの様な、傀儡化された人間を相手に戦う可能性があるからだ。

頭で『これは人の形をした兵器だ』と分かっていても、元が人間だと理解していれば殺す事についての躊躇が生まれる。そして迂闊に戦闘を長引かせると自爆攻撃をしてくる様な連中に対して、長々と刃を交える様な戦い方は下策だろう。

エレミアの時の事を参考にするならば、急所を狙って瞬殺するか、さもなければ大量出血を誘う様な攻撃で、相手の自爆能力を無効化する必要も出てくる。

「どうせだから余禄が欲しいわね？」

「ここまで来てそれを言うか？」

とヴァネッサの先程の口調を真似て言うジン。

「そうねえ。生きて帰れたら、ガランド侯の愛人として召し抱えて貰うとか？　三食昼寝付きの生活が夢なのよね」

「……そういう約束をした奴は大抵、死ぬらしいぞ」

「そうなの？」

「これも初代ガランド侯の『郷里』の言葉で『死亡フラグ』というらしいが。あまり先の事ばかりに言及していると、直近の事に対する注意力が散漫になるとかなんとか――」

「『トウダイモトクラシ』と同じな訳ね？」

「かもな」

そんな言葉を交わした後――ジンとヴァネッサは素早く物陰から飛び出して、目的の建物に駆け寄る。

勿論、共に無言、どころか足音すらしない。

ジンが〈影斬〉を抜き放つと、ヴァネッサも懐から短剣を抜いて身構える。ヴァネッサは腰に小型魔導機杖を提げているし、服の下には例の可変型魔導機杖も着込んでいるが、魔術はどうしても呪文詠唱の声と、宝珠の光で気付かれる恐れがある為、今は音も光も無い刃物を先ず手にしているのである。

で——

「——ッ！」

〈影斬〉が閃く。

次の瞬間、建物の窓の一つ——その閉められていた鎧戸が、わずかに開いた。ジンが鎧戸の閂を斬ったのである。

素早く手でこれを開き、まずジンが、続けてヴァネッサが建物の中に入り込む。ここがスカラザルンの暗兵らの拠点であった場合、玄関だの裏口だのから入るのは愚の骨頂——侵入者用の罠が仕掛けてある可能性が高いからである。

「…………」

鎧戸を閉めて、素早く中を見回すジンとヴァネッサ。

中は——鎧戸の隙間から光が漏れていた事からも分かる通り、普通に照明が点いている。民家の建ち並ぶ街区では空き家の方が目立つので、恐らく『住人が普通に生活している』

態を装っているのだろう。

だが、中に人が暮らしている気配が無い。

通路には人の姿は無く、空気は淀み、あちらこちらに埃が積もっている。恐らく拠点として使用されているのは地下で、地上部分は殆ど使用されていないのだろう。

ただ――

「――!?」

ジンはヴァネッサの肩を叩くと、彼女と共に近くの柱の陰に潜む。

廊下の奥に人影が揺れたからだ。

待っていると、ふらふらとした足取りで中年男が一人出てきた。

見た目はごく普通のヴァルデマル皇国国民といった感じだ。ただ一点、室内であるにもかかわらず、帽子を目深に被っている以外は。

「………」

ヴァネッサが頷く。

中年男が近づいてきた所で、彼女が素早くその背後に回り込み、背中の側からその左手で口元を押さえ、心臓を――一突き。

中年男は――

「――っ⁉」

反射的に背後のヴァネッサを裏拳で打とうと半回転するものの、その瞬間にはもうヴァネッサは返り血を浴びないようにと二歩ばかり離れて後ずさっている。

中年男の背中の傷から、血が衣服に広がっていき――

「………………」

姿勢を崩した中年男に、次の瞬間、ジンの袖口から迸った縄鏢が絡みつき、これが倒れるのを止めていた。

人間一人が倒れた音は、意外によく響くからだ。

（……やはり受令器が植え付けられているか）

中年男の帽子がその頭部から滑り落ち、額の辺りに生えている一対の角が露わになる。形や大きさは異なるが、以前、スカラザルンの生物兵器――魔獣の額にも植え付けられていた受令器と同じものだろう。

（だが普通に見張りとして使うなら……正規のスカラザルン兵の方が何かと応用が利くだろうに。となると――）

敵は人手不足か。

それとも――

「…………」

ヴァネッサと頷き合うと、ジンは中年男の――傀儡の死体をその場に残し、更に物音を立てずに進んでいく。

途中、同じく傀儡の見張りを二人ばかり発見してこれを無力化。

やはり――敵は手駒の数に限りがあるのか。

「…………」

そして建物の奥。

外から基本構造を判断する限り、地下に続く階段があると覚しき一室にジンとヴァネッサは辿り着いた。

「…………」

頷き合って――まずジンが扉を開く。

魔術による攻撃が仕掛けられても、ジンならば問題無く無効化出来るからなのだが……

「ようこそ『異界の勇者』の末裔」

扉が開ききる前に、部屋の中からそんな言葉が投げ掛けられる。

「待っていたぞ――実に一七七日と三時間十七分振りか」

「…………」

掌(てのひら)程度の大きさの鏡を掲(かか)げ、ジンは戸口横の壁(かべ)に背中を預けながら部屋の中を窺(うかが)う。

(片方はあの時の……)

部屋の中に居ると覚しき二人の内、片方にジンは見覚えが在った。

半年前、ウェブリン女学院を襲(おそ)ったスカラザルンの部隊——その指揮官と覚しき女性だった。壁に置かれた機械式の時計を一瞥(いちべつ)した所を見ると、いちいち先に会った時からどれだけの時間が経過したかを几帳面(きちょうめん)に計っているのか。

そして——

(……外連味(けれんみ)が過ぎるな)

もう一人。

こちらは白いのっぺりした仮面を被っていた。

体格からして——肩幅(かたはば)や胸の大きさ、腰の細さからして、こちらも女性らしい。年齢までは分からないが、長く癖(くせ)の無い黒髪(くろかみ)が見えた。

ただ——

「——!?」

思わずジンは驚きの声を漏(も)らしそうになる。

椅子(いす)に座(すわ)ったその仮面の女。

その手の甲に、見覚えの在る——特徴的な痣を見たからだ。

（馬鹿な——）

幼い頃に何度となく見たそれ。

それは——

「……ジン？」

ヴァネッサが目敏くジンの動揺に気がついたか、声を掛けてくる。

だがジンはそれに応える余裕は無く——

「さて。迅速に我が家を突き止めて訪問してくれたのは嬉しいが、旧交を温め直している余裕は無くてな」

とスカラザルンの女士官は言った。

「お前が部下を殺しまくってくれたせいで、こちらは人手不足だ。とりあえず丁寧な歓待は期待しないで貰いたい」

という言葉と同時に、ジン達の居る廊下の——床板が跳ね上がる。

そこから姿を現したのは——

「〈コロモス〉とは違う旧型だが、屋内戦用の魔獣だ。まずはこちらと遊んで貰おうか？」

元は猿か何かだろうか。

やたらに手が長い、しかし人間より二回り小さな人影。

ただし額には角を生やし、両手には、そして両足にも、明らかに鋼鉄製と覚しき鉤爪(かぎつめ)を備えている。更にその頭部の眼球は、ある種の爬虫類(はちゅうるい)か魚類の様に、飛び出ていて、その輪郭(りんかく)を異形のものに見せている。

〈コロモス〉とは基本の『設計方針(コンセプト)』が異なるが、これも対魔術士戦闘用魔獣か。

敏捷性(びんしょうせい)を最優先に、広い視界で周囲を把握(はあく)、高速で辺りを跳(と)び回り、魔術の照準をかわして、その刃物の様な爪で斬り込む魔獣――

「〈プリオムル〉だ。可愛がってやってくれ」

そんな言葉と同時に、十頭を超える小型の戦闘用魔獣が、ジンとヴァネッサに襲い掛かってきた。

●

「…………」

鋭(するど)い音と共に火花が散る。

鋼鉄製の鉤爪と、ジン・ガランド侯爵が掲げた黒い剣(けん)が噛(か)み合った結果である。空中から襲い掛かった〈プリオムル〉は、初撃を防がれたものの、むしろ剣と噛み合った鉤爪を基点に身を捻り、左手の鉤爪を振りかぶる。

ジン・ガランドの得物は使用中なので彼にこれを防ぐ方法は無い――

「………」

かと思いきや、ジン・ガランドは平然と左手を交差させる様にして、鉤爪の二撃目を防いでいた。まるで鋼鉄の棒を叩いたかの様に再び火花が散り、〈プリオムル〉の左の鉤爪が弾き返される。

(――鎖帷子に、仕込み武器か)

その様子を観察しながらグレーテルは唇に薄い笑みを浮かべた。

二撃目は、ジン・ガランドが服の下に着込んでいた――あるいは外套の裏地に縫い込んでいた網状の鋼と、更に袖口に仕込んであった刃物か何かに防がれたのだ。

(なるほど、一筋縄ではいかんか?)

次の瞬間、別の〈プリオムル〉が背後から襲い掛かるものの、ジン・ガランドは一瞬で黒い剣を半回転――逆手持ちで肩越しに突き出されたそれの切っ先が、〈プリオムル〉の首を貫いていた。

最初の〈プリオムル〉が床に着地。

改めてジン・ガランドの足に斬り付けるものの、彼はこれも平然と上げた右足の臑で受け止めていた。恐らくこちらにも、鎖帷子や武器が仕込まれているのだろう。

「――ふっ」

短く息を吐きながらジンは軽く浮かせた右足を振る。

〈プリオムル〉の鉤爪に自ら足を引っかける様にして、ジンはこれを足の捻りで――投げる。

――ギャッ！

生半可な事では鳴かない魔獣が、悲鳴じみた声を上げたのは、むしろ驚いたからか。地面に叩き付けられながらも身を起こす〈プリオムル〉だが、その頭にジン・ガランドの長靴の踵が踏み下ろされる。

ぼきりと身の毛もよだつ様な音と共に、〈プリオムル〉は首の骨を折られていた。

〈屋内で、しかも複数の〈プリオムル〉相手に、平然としのぐか――〉

グレーテルはむしろ賞賛の念さえ覚えていた。

〈プリオムル〉は、猿を基に造り上げられた限定空間戦闘用の小型魔獣である。

単純な膂力という意味では他の大型魔獣に劣るが、人体と近似の形態とその器用さから、調教次第で武器を使いこなす上、平面ではなく立体的に戦場を跳び回って、敵を多角的に襲う。

魔獣は魔術を使えないので、人間の魔術士相手に、正面から対しては勝算が無い。故に通常は奇襲戦法を主体に運用する訳だが、この〈プリオムル〉はその運用法に特化した最たるものだ。

前後左右上下、あらゆる方向の物陰に潜み、一斉に襲い掛かる。

凶器を使いこなし、時に投げつけさえする。

十人程度の武装兵士ならば、同数の〈プリオムル〉で充分に殲滅出来る——出来たという記録が大量に残っている。

なのに——

——ギャアッ！

瞬く間に三頭目、四頭目がジン・ガランドの黒い剣に切り伏せられる。

だが——

〈当然、〈プリオムル〉は敵わないとみて、戦法を変える〉

猿を基に造られているだけあって、〈プリオムル〉は命令が無くてもある程度自分で戦況を見極めて戦法を変える賢さがある。

残り八頭のプリオムルは、ジン・ガランドと距離をとり、その場にあるものを掴んで投げつける。勿論、ただの小石だの、この家屋内に転がっていた雑貨の類だが、『投石』は人類が最初に手にした遠隔攻撃法であり、畳み掛ければ充分に殺傷力を発揮する。古代には罪人に投石の刑を科したとされるが、これは事実上の死刑だと言われていた程だ。

「…………」

ジン・ガランドの剣が翻り、空中で飛んで来た雑貨や小石を叩き墜とす。八頭の〈プリオムル〉が囲んで放つ『礫』は、しかし悉くが叩き墜とされ、一発もジン・ガランドに命中しない。

だが、それは『囮』だ。

それまで一頭だけ身を潜めていた十三頭めの〈プリオムル〉が物陰から走り出る。全方位頭上から投げつけられる『礫』を迎撃するのに忙しいジン・ガランドは、地を這う様にして迫る伏兵に気付かない——筈だったが。

「——貫け・〈氷針〉」

きしりと何かが軋む様な音と共に、蒼銀の光が四方に飛ぶ。

それまでジン・ガランドの左側で短剣を握り、防戦に専念していた女が――どうやらこちらも暗殺者らしいが――魔術を使ったのだ。

全包囲に奔った氷の凶器は、魔獣六頭を串刺しにしていた。

同時に――

「…………」

ジン・ガランドは首を蹴り折った〈プリオムル〉を、十三頭めの〈プリオムル〉に向けて蹴り飛ばしていた。

すっ飛んできた『仲間』の身体が激突し、姿勢を崩した十三頭めは、次の瞬間、ジン・ガランドの左手袖口から迸った縄鏢を顔面に突き刺されて、仰け反っていた。

（……なるほど）

グレーテルは後ずさって部屋の外に逃れながら苦笑する。

（基本、単独行動の〈影斬〉が何故、仲間を連れているのかとも思ったが――手っ取り早く片付ける為か）

『異界の勇者』の末裔たる暗殺者――〈影斬〉。

表の顔はヴァルデマル皇国貴族ジン・ガランド侯爵。

半年前の手痛い敗北の後、潜伏を続けながらもグレーテルは自分達の作戦を邪魔した『想定外要素』について調査をしていた。

手を尽くして調べはしたが、〈影斬〉について分かった事は少ない。

だがグレーテル等が試験運用した魔獣〈コロモス〉と同様、その者は魔術に対する絶対防御を能力として備えているという。

そもそも〈影斬〉という名自体、彼の者の剣は魔術を斬ると――『斬れぬ筈のものを斬ってのける』と言われているところから生じた通り名であるらしい。

いずれにせよ……

（奴に魔術の攻撃は効かない）

それを身を以てグレーテルは知っている。

（魔術を無効化する癖に、自身は――肉体強化やそれに類するものに限定されるものの、魔術を使う、存在自体が反則技じみたバケモノ）

故に通常の方法で〈影斬〉と戦うのは愚の骨頂だ。

半年前の敗北以来、グレーテルは暗殺者〈影斬〉を制圧し、これを研究素材として手に入れる事を考えてきた。

故に――

「グレーテル・ドラモント特佐」

既に戦闘が始まった時点で、椅子から立ち上がり、廊下に移動していた仮面の賢者は、ふと思い出したかの様に声を掛けてきた。

その物腰はあくまで平然たるもので、間近で人間対魔獣の戦闘が行われている事すら、意識していないかの様にも見える。

「後は任せる。貴様は何としてでも——生死を問わずあの『異界の勇者の末裔』を手に入れろ。あれは興味深い素材だ」

「御意」

言ってグレーテルはアノニスに一礼する。

あくまでアノニスの役目はグレーテルの『支援』であり、今回の『〈影斬〉制圧作戦』についてはグレーテルの責任の下に実行されている。

端的に言えば半年前の意趣返しだ。

だからこそ——

「この命に替えても」

そうグレーテルは付け加えた。

部隊をほぼ丸ごと失う失態をしでかした以上、ここで何らかの功績を立てなければグレーテルには後が無い。本国に送還されるのは間違いないだろうが、その結果として部隊を失い、新型魔獣をも全て失った責任を問われて処分される可能性も少なくなかった。

「では成果を期待している」

そう言うと、アノニスは壁に偽装された扉を開き、予め増設してあった隠し通路——地下を通ってこの建物から通りを一本隔てた場所に出る——の中へと消えていった。

そして——

「……そろそろ、か」

グレーテルは廊下にも一台、設置しておいた機械式の時計を一瞥して呟く。

実のところ、〈プリオムル〉十三体で〈影斬〉を確実に制圧出来るとは彼女は考えていない。『上手くいけば斃せるかもしれない』——その程度の期待でしかなかった。

仲間が居るなら尚更にその可能性は下がる。

だがそれで構わない。

「魔術を無効化するというのなら、魔術以外で殺せば良い」

そうグレーテルが呟いた瞬間。

家屋の各所に仕掛けられた爆薬が発火——轟音と共に建物は大量の瓦礫を内向きに注ぎ込みながら、崩壊した。

ベニントン宮——東館食堂。

元々は使用人達がまとまって食事をする為の部屋である。

だが今、ここには二人の皇太子や皇妃、そして警護役の少女達六人、更に使用人の全てが集められていた。

ユリシアが要請したのだ。

「——件の『角付き』ですが」

集まった一同を見回してユリシアは言った。

「要するにあれは魔術による遠距離通信を受ける為のものなのです」

「…………」

ユリシアの為人についてある程度知っているリネットらはともかくとして、皇太子らや皇妃、それにベニントン宮の使用人達は、一体何が始まったのかと怪訝な表情を浮かべ、顔を見合わせている。

ジンが『自分の留守中はこの眼鏡娘が警護役を統括する』と事前に告げていなければ、

ベニントン宮の者達はユリシアの話を一笑に付していたかもしれない。

「似たような技術はヴァルデマル皇国にも在るですが、生体魔術加工技術が発達しているスカラザルンでは、人形ではなく、生身の生き物に魔導機関を植え付ける事で、これを操れるようになるです」

「…………」

スカラザルンの名が出た途端に、使用人達の間にざわめきが広がっていく。

彼等は今回の皇太子暗殺事件に関して、初めてヴァルデマル皇国にとっての永年の宿敵とも言うべき帝国の名を、耳にしたのである。

特にオストガル伯爵の娘エレミアの件は、現場を見て居ない者にとっては、クリフォードに弄ばれ棄てられた彼女が、思いあまって凶行に走った様にも見えていたらしい。

「それはつまり――」

と片手を挙げて確かめる様に言ったのは、ルーシャである。

「以前、ユリシアさんが私達と模擬戦をした際に使った、あの人形の代わりに、生身の生き物を――人間を、魔術で操作する、という事ですか？」

「概ねその理解で間違っていないのです」

とユリシアは大きく頷いて見せる。

「ただし人形と違うところは、人形は、命令を与えなければ動かないですが、生きた人間などは、命令が無い時点では普通の人間と同様にものを考えて動いているという事です」

だからこそオストガル伯爵は娘が『造り替えられていた』事に気がついていなかったのだろう。クリフォード暗殺に関する部分以外は、全く普段の彼女と変わらぬ振る舞いだったと思われる。

「あの角……受令器ですが、額に傷を付けて芯となる部分を埋め込み、その上からある種の寄生性の菌類を用いて拒絶反応を抑制し、脳と受令器を繋ぐのです」

「…………っ」

生々しい説明にリネットを含め、数名が口元を押さえて吐き気を堪える。ヴァルデマル皇国では魔術による生体加工は殆ど禁忌だが、スカラザルン帝国では魔獣のみならず、人間にもこれを応用する傾向が広がっているという。

「一度、菌糸が神経に定着してしまうとあれを手術の類で取り除くのは恐らく難しいのです。早い段階でなら自壊命令を受令器に送って、自滅させる方法があるようですが」

残されたエレミアの受令器を解析した限りでは、それ以上の事は分からなかったとユリシアは言う。

「何はともあれ」

ユリシアはきらりと眼鏡を光らせて言った。

「あの技術の面倒なところは、比較的簡単な処置で、好きなように命令を下せる奴隷を生み出せる事です。単に誰かを殴る、刺す、といった行動から、普通の状態では不可能な事も——それこそ、筋肉や細胞の熱を暴走状態で扱って自爆させる様な事も可能な上、自分自身はその事をまるで意識しないような状態にも出来るのです」

「意識しないって……」

「それってまさか……」

「記憶も消せるって事？」

アリエルらの怯えた様な反応に——ユリシアはまたも大きく頷いて見せた。

「自分が処置を施された事すら——改造された事すら気がつかない」

「——!?」

「つまり、いつの間にか貴方達の知り合いが、スカラザルンの奴隷に——いえ、自爆兵器に造り替えられているかもしれないという事なのです」

「それは——」

使用人達が薄気味悪そうに顔を見合わせる。

ユリシアは、『今この場にも敵の手駒が交じっているのかもしれないのだ』と言ったに等しい。

そう。何処に居てもおかしくないのだ。

それこそ——近衛騎士達の中にも裏切り者がいたように。

「ですが御安心あれ。魔力の信号を正確に受け取る為には、受令器の一部が肉体の外に出ていなければなりません」

魔術とは即ち人間の『内なる力』を『外に出す』技術だ。

故に魔力信号を受け付ける為には、脳神経に直結しながら、体外に露出している何らかの『器官』が必要になる。『内』と『外』を繋ぐ通路があの『角』という事になる。

「故に頭部をよく調べて受令器らしき『角』があれば、改造済み、無ければ大丈夫という事なのです」

「…………」

使用人達の間に安堵の空気が流れる。

衝撃的な話ではあったが、簡単に見分ける方法があるというのならば、とりあえず気は楽になる。周囲の人間に対して疑念を抱えたままこのベニントン宮で働き続ける必要も無い。

「という訳で」

ユリシアはにんまり笑って両手を前掛け(エプロン)の内に突っ込むと、ひょいと両手に何かを握(にぎ)って抜き放って見せた。

「今から全員、つるつるのはげ頭になっていただくのです」

そう言ってかちかちと彼女が両手で動かすのは、毛刈器(バリカン)だった。

「ちょっ——え⁉」

と使用人達が、そしてリネットらや皇太子らまでが、慌(あわ)てて身構える。

「剃(そ)るのです。綺麗(きれい)さっぱり毛を無くすのです。例外は認めないのです。皆(みな)の安全の為、このベニントン宮に居る人間は全員、お禿(はげ)さまになっていただくのです」

そう言うユリシアは何故かちょっと楽しそうだった。

「ま、まさか、それは、私達も⁉」

と顔色を変えて言うのは、オーガスタである。

まあさすがに皇太子や皇妃の髪(かみ)を剃って禿頭(とくとう)にするなど、正気の沙汰(さた)とも思えない訳だが——

「私達は命を狙(ねら)われた側ですよ⁉」

「それはそうなのですが、正しくは」

ユリシアはミラベルの方に眼を向ける。

「狙われているのは『クリフォード殿下』であって、デイヴィッド殿下やオーガスタ様は、騎士団員の件の際には同じ現場にいて事件に巻き込まれただけ、オストガル伯爵の娘の際には、そもそも襲撃されていないのです」

「…………」

言葉に詰まるオーガスタ。

厳密に言えば――デイヴィッドやオーガスタが自爆兵器に『改造』されているのなら、もっと早くにミラベルは殺されていただろうから、二人が『角付き』である可能性は低い。いや。それ以前に『角付き』になっていたのが更に前であるならば、建国記念日の段階でクリフォードを暗殺できていた筈である。

「つまり――」

「――ユリシアさん！」

とユリシアがそこまで言った時。

リネットが声を上げる。

「何なのです？　今良いところ――」

「あの、ま、窓の外を！」

「――？」

と言われるままにユリシアは、そして他の者達も窓の外に目を向ける。

そうして彼等は初めて気がついた。

いつの間にか、窓の外の風景が曖昧に濁っている事を。

霧だ。それも濃密な。

しかもそれは……奇妙に赤みを帯びていた。

●

瓦礫が積み上がり小山を成している。

突如として生じた爆発で崩れた建物は、その内にあるものを徹底的に押し潰していた。

宮殿や公的な施設に比べれば小規模な民家だが、二階建てともなると構造材もそれなりの重さと頑強さを持つ。巻き込まれればまずただではすまない——何の装備も持たない普通の人間ならば。

「…………さて。これで制圧できていれば、良いが」

グレーテルは小型の魔導機杖を腰に戻しながら呟く。

彼女自身は全包囲に展開した衝撃波の魔術で自分に落ちかかる瓦礫を破壊、あるいは一魔術を詠唱しておく事は難しくない。

そして――

瞬止めて難を逃れていた。予めいつ爆発が生じるかが分かっていれば、それに合わせて

「……ふむ」

瓦礫の小山の一角を凝視するグレーテル。

次の瞬間、いくつかの瓦礫を撥ね飛ばして、薄赤い半透明の――そして異形の鎧をまとった人影が身を起こしていた。

「そうだな。そうでなくてはな」

とグレーテルは頷く。

これも半年前に見た――〈影斬〉ジン・ガランドの奥の手。

血に魔力を乗せて体外に展開し、魔術を無効化する絶対防御圏を広げると同時に、魔術以外の物的攻撃をも防ぐ鎧。

即ちこれは――『異界の勇者』の血を引くが故に、魔術を己の外に『出す』事が出来ないジン・ガランドの、『自己の拡張』による魔術効果範囲の拡大だ。

「咄嗟に仲間を庇ったか？」

ジンの足下には、気絶しているらしい女の姿が在った。

姿を現すのが多少遅れたのは、瓦礫の下で女の安否の確認と、応急処置をしていたからだろうか。女の額には包帯代わりか黒い布が巻かれており、結び目の端から、赤い雫が滴っているのが見えた。

「おい――スカラザルン兵」

血の鎧を纏ったジン・ガランドは、半透明の赤い仮面の下から唸る様な声で言った。

「お前には殺す前に聞きたい事がある。〈コロモス〉とかいう魔獣の事もだが――何より、あの、仮面の女、あれは何だ？」

「……さて？」

グレーテルは右手で魔導機杖を掲げながら薄く笑う。

「知りたければ力ずくで来い」

同時に彼女は左手で自分の額に巻いていた布を取り払った。

「――お前⁉」

「傀儡の魔術だが」

グレーテルは左手で自分の額に生えている一対の受令器に触れながらにたりと笑みを浮かべた。

「自分に掛ける事も出来る。肉体強化、生理機能操作、認識加速、感覚拡大……基本的に魔術は内分泌系を操作するだけのものだからな、持続時間はそれなりに長いぞ、お前のそれと同じくな」

魔術は効果時間が短い——持続性に乏しい。

だが内分泌系を操作する魔術は、肉体に生じる実際の各種効果は、魔術が直接引き起こしている現象ではない。それ故に、一度『強化処置』として傀儡の魔術を用いれば、しばらくは人間離れした格闘能力を発揮できる、という寸法だ。

どうせジン・ガランドに魔術攻撃は効かない。

ならば——格闘戦で制するのみだ。

そしてその方が意趣返しとしても都合が良い。魔術で遠距離攻撃を仕掛けるより、自らの手に、相手を叩きのめした感触が残る方が。

「行くぞ、ジン・ガランド」

魔導機杖を投げ捨て、両手に抜き放った短剣を握りながらグレーテルはにやりと犬歯を見せて笑った。

「――霧、なの⁉　この赤いの……」

「霧だとしても、この時期に、この場所で？」

と使用人達が慌てた様子で言葉を交わしている。

彼女等にとってこれは初めて見る異様な現象なのだろう。

実際、リネットらもヴァラポラス内で霧が発生したという話など聞いた事が無いし、ましてやそれが赤みを帯びるなど、夕暮れ時でもない限り有り得ないだろう。

ただ――

「リネット、これって」

「うん。多分――そう」

とルーシャに、そしてアリエルらにも頷くリネット。

窓の外に立ちこめている霧に、リネットら、ウェブリン女学院勢は見覚えが在った。薄赤い……まるで血を薄めたかの様なそれ。かつてそれが彼女等の学舎を満たしていた事がある。

「半年前の――」

スカラザルンの特務兵達が、ウェブリン女学院に持ち込んだ、魔獣兵器。魔術を無効化する赤い霧を吐く、蒼い魔獣――〈コロモス〉。

「まずいのです」

とユリシアは言った。

彼女は現場に居なかったが、ジンやリネットから聞いて〈コロモス〉の赤い霧の事は知っている。眼の前に広がっているこれが、そうなのだと気がついたのだろう。

「これは……皇宮（こうきゅう）や警士隊に連絡（れんらく）がとれないのです」

言ってユリシアは携帯（けいたい）用の小型魔導機杖（ハンドガンド）を降ろす。

昨今――遠くの者と連絡をとる場合には、魔術を用いて音声を飛ばすなり、距離による減衰（げんすい）が少ない魔力信号を直接送って、先方に在る魔導機関を動かすなりする事が多い。

だが……この赤い霧に包まれている今、ベニントン宮から外部への連絡手段は断（た）たれたに等しい。勿論（もちろん）、人間が走って霧の外に出れば、そこから魔術による連絡は可能になるだろうが。

「あれって――」

リネットらが目を凝（こ）らすと、赤い霧の中に蠢（うごめ）く影が幾（いく）つも見えた。

曖昧に輪郭が霞（かす）んでいる為、詳細（しょうさい）にその形状を見て取る事は出来ないが、それが人の形でないのは明らかだった。

そもそも二本足で直立歩行していない。

四足の獣――例えば虎や狼の様な。

「多分あの……〈コロモス〉って魔獣……」

「見て、あっちの方には違うのも……」

とルーシャが指さす方には、一回り、いや、二回りは小さな影が、飛ぶ様に移動していた。建物から街路樹へ、街路樹から建物へ、まるで木々の枝を飛び移って移動する猿の様な。

どちらも都市部に徘徊している様な動物ではない。

ならばこれは偶然ではないのだ。

「迂闊に外に出たら――」

アリエルら女生徒四人の声が震えていた。

リネットら、ウェブリン女学院の生徒達は、多かれ少なかれ、〈コロモス〉の犠牲になった教職員の姿を見ている。その後、ジンが片っ端から〈コロモス〉を駆逐したのを生徒達は知っているし、アリエルらはジンから魔剣術を学んではきたが――だからといって、彼と同じ事が自分達にも出来ると自惚れられる程に、修練を積んではいない。

結局のところ、彼女等は皆、未だ成人前の学生に過ぎない。

ただ――

「――大丈夫」

リネットは〈紅蓮嵐〉と〈霞斬〉の柄(つか)に手を置いて言った。

「大丈夫だよ。私達も戦える」

「リネット……？」

呆然(ぼうぜん)とアリエルらがリネットを見つめてくる。

（ジン先生みたいに……強く、なるんだ）

リネットは自分にそう言い聞かせる。

（もう二度と流されたりしない為に。自分の意志で自分の人生を生きていく為に。大事な人を、大切な人を守れるように、大事な人達と、大切な人達と、並んで歩いて行けるように――）

その為の力をジンに教わった。

ジンはそんなリネットの願いに応えてくれた。

ならば――

「ジン先生と自分を、信じないと」

「……そうね」

とルーシャが頷いてリネットの手に自分の手を重ねてくる。

「ジン先生に、教わったものね。多分、あれは――〈コロモス〉の霧の中でも有効な筈」

自分の内側に向けて分泌物を調整し、身体感覚を操作する魔術。

触れれば魔術を問答無用で解体してしまうあの赤い霧も、人間の体内に分泌されたものの純然たる生理的効果までは打ち消せない。

「――とはいえ」

リネット等の会話にユリシアの声が割り込んでくる。

「非常事態なのです。多勢に無勢、若様も戻られていません。籠城戦という事になるですから……何処か立て籠もる場所が必要なのです」

「それは――」

使用人達が不安げに周囲を見回す。

かつての――群雄割拠だった戦乱の時代、皇族が住んでいた城塞の類と異なり、ベニントン宮は戦争用に造られてはいない。むしろ建物としては質実剛健さよりも、優美さ、華麗さを念頭に造られている分、防御力は高くないのだ。

立て籠もるといっても、適当な場所が思いつかないのだろう。

元々、警戒していたのはこちらの隙を突く様な形で実行される暗殺であって、こんな軍事行動めいた力押しをしてくるなどとは、誰も考えていなかったのだ。

ただ――

「地下があるわ」

そんな言葉に引かれて一同の視線が一カ所に集まった。

オーガスタである。

第二皇妃は、青ざめてはいるものの、はっきりと意志が感じられる声で落ち着いて言葉を繋いできた。

「通年、温度と湿度が安定しているので、食料庫や倉庫として使っているけれど、外から破られる恐れは無いし、通気口を塞げばあの赤い霧も入ってこないわ。広いからすぐに窒息する事もないでしょうし」

「そうなのですか？」

「それは……はい！」

とユリシアの確認に頷くのは使用人達である。

「では――殿下、皇妃様、そして皆さんも、地下へとりあえず立て籠もるのです。リネット達、魔剣士勢は護衛として同じく地下へ」

足下に置いていた鞄から、軍用の大型魔導機杖らしい部品を取り出して手早く組み立てながら、ユリシアは一同にそう促した。

「時間させ稼げば、夜とはいえ異常を察した皇宮から助けがくるやもしれませんし、若様──ガランド侯爵も戻ってくるですよ」

●

瓦礫の小山の上に火花が乱れ咲く。

何度も何度も位置を変えながら咲いては散り咲いては散り──

「──ッ！」

スカラザルンの女兵士は両手に持った短剣をまるで竜巻の様に振り回しながらジンに攻撃を続けている。

明らかに自身の保身を考えていないのだろう、女兵士の目は血走り、額にはくっきりと血管が浮き出て、異様な形相になっている。いつ脳溢血を起こして倒れてもおかしくない姿だった。

本来、魔獣制御用に使う受令器を自分自身に使う事で、予め設定しておいた技を、肉体の限界近くの筋力と反応速度で繰り出す事が可能になっているのだ。

矢継ぎ早の攻撃を受けているせいか、ジンは先程から防戦一方で攻撃を仕掛けていない。

ただ——

錬磨はさぼってきたか？」

「どうした、暗殺者〈影斬〉——魔術無効化の異能に胡座をかいて、純然たる格闘技能の錬磨はさぼってきたか？」

と猛獣の様に尖った歯を剥き出しながら笑う女兵士。

「それとも、攻撃に転じる機会が掴めないか？　ああ、そうだろうな、迂闊に仲間など連れてくるからだ、見捨てる事も出来ないか？」

そう言って女兵士が一瞥するのは、倒れたまま未だ意識を取り戻していないヴァネッサである。

ジンが攻撃に転じようとする気配を掴めば、女兵士は即座にヴァネッサの方に動こうとするのだ。

「部下を全員見殺しにして逃げた指揮官は言う事が違うな」

「——っ！」

血を噴きそうな目つきでジンを睨む女兵士。

そして——

「——もう充分だ」

不意にジンはそう言った。

「──なに？」

「一目見て──とまでは言わないが。お前の動きは概ね分かった」

とジンは言って小さく息を吐く。

次の瞬間、彼の身体を覆っていた半透明の赤い鎧は、するりと一カ所に集中して──消滅。血の鎧を扱っていたせいか、若干、青ざめた様子のジンが姿を現していた。

「来い、スカラザルン兵」

破魔剣〈影斬〉は右肩に担ぐように。

左手は相手を留めるかの様に掌を前に。

それは一見、意味不明の構えであったが──

「──うるぁっ！」

スカラザルンの女兵士に躊躇する様子は微塵も無い。

彼女は歯を剥き出して笑いながら突撃し、獣じみた吼え声を放ちながら最後の一歩を大きく踏み込んで、地面と平行に──跳ぶ。

まるで矢の如く突っ込んでくる女兵士の短剣が、ジンの左腕を鋏の様に左右から挟撃した。

一撃必殺にこだわらず、片腕を確実に奪うつもりなのだろう。

出血多量は勿論、重量変化による平衡感覚の喪失は、格闘戦において致命的な隙を生む。

だが――

「――!?」

およそ皮一枚分か。

確かに女兵士の短剣はジンの左手首に食い込みはしたが――そこで止まっていた。それ以上は全くジンの肉を切り裂けない。

それどころか――

「貴様っ!?」

咄嗟に今度は女兵士が後方に跳ぼうとして、しかし、彼女はがくんと大きく姿勢を崩していた。

短剣が抜けない――いや離れない。

まるで何かの薬剤で接着されたかの様に、いや、釘付けにでもされたかの様に、びくともしない。

しかもその短剣の表面を伝う赤い線は――ジンの血か。

しかしそれが滴り落ちるのではなく、短剣を伝って女兵士の手にまで達すると――もう短剣を手放す事すら出来なくなっていた。

「これも……魔術かっ⁉」

「お前のその強さは――」

ジンは勝ち誇るでもなく、むしろ物憂げな表情を浮かべて言った。

「脳内分泌物や神経系に干渉して無理矢理底上げした膂力であり反射速度である訳で――つまりは純然たる力押し」

勿論、兵士である以上、ある程度の格闘技能は備えている訳だが、それはジンが身に付けているものには到底及ばない。

つまり――

「強い攻撃を仕掛けるには、大きく腕を振らねばならない、強く踏み込まねばならない。故に一度動きを止められてしまうと、その威力は大きく減退する。密着状態から全身の筋力を収束して使う『寸打』の様な『技』がお前の動きには無い。獣が力任せに噛み付き、引っ掻いているのと大差無い」

「…………」

「動きを止めてしまえばそれで終わりだ」

ジンがそう語っている間にも赤い線は――血の糸は女兵士の手に絡みつき、その自由を奪っている。拘束は既に肘にまで達し、彼女はもうジンから離れられなくなっていた。

「さて。勝負はあったたな」

女兵士の首筋に改めて〈影斬〉を押し当てながらジンは言う。

「〈コロモス〉の秘密、そしてあの仮面の女の素性、語ってもらおうか」

「く……」

女兵士は悔しげに唇を噛んで俯く。

そして——

「……………くっ…………くくっ……くくくく……」

漏れ堕ちるそれが呻きではなく笑い声だとジンが気付いた瞬間、女兵士は顔を上げて血走った目を彼に向けてきた。

「諸共に逝こうか〈影斬〉！　子細は冥府で語ってやろう！」

「——！」

みちりみちりと音を立てながら女兵士の全身が震える。

ジンは血の魔術を解除したが、逃がさぬとでも言うかの様に女兵士の両手はジンの黒衣の襟首を掴んでいた。

（——オストガル伯爵家の従者と同じか）

火薬や魔術の代わりに、全身の筋肉を自壊する程の強さで収縮させ、力を貯めに貯めた挙げ句、全包囲に弾けさせる。

文字通りの――肉弾。

骨は勿論だが、瞬間的に加速されれば、そして至近距離でなら、血や肉や皮ですら、人間の身体を切り裂く凶器になり得る。

「くくく……くははははは！」

自分がジンを道連れに破裂する様を思い描いているのか、凄惨な表情で高らかに笑う女兵士。

一方で――

「…………」

ジンは慌てず騒がず、むしろ物憂げな表情を崩さない。

そして――

「仕方ない」

呟く様に言ってジンは〈影断〉を逆手持ち。

これを――側頭部、即ち女兵士のこめかみに突き刺していた。

「はぐおっ⁉」

頭蓋骨という骨は、通常、非常に厚く頑丈な上、その丸みによって内部の脳を保護している。頭頂部に剣を振り降ろしても、頭蓋骨の丸みと厚みで刃が食い込む事無く滑り、傷が脳まで達しない事もままあるのだ。

だが頭蓋骨の厚みは全て均等ではなく。

その形状も全て刃が滑る曲面でもない。

特に眼窩の真横——こめかみ部分は、窪んでいる上に元々骨が薄い。

それこそ、多少強く突けば刃物の切っ先が貫通してしまう程に。

「…………」

「色々と喋って貰いたい事が在ったんだが」

ジンは物憂げに言うが、既に女兵士は白眼を剥いてがくがくと痙攣するばかりで、聞いている様子はない。

だが同時に、ジンの外套の襟首を掴んだその両手が緩む様子も無い。

「自爆に巻き込まれる訳にもいかんしな」

言って女兵士の頭に突き刺した〈影斬〉をこじる。

傷口から血が噴き出して、〈影斬〉の刀身とジンの手を濡らし——

「…………」

短く溜息をついて手を下ろすジン。

女兵士は──立ったまま、死んでいた。

●

──どん！　何か重いものが衝突する音がベニントン宮に響き渡る。

それもあちこちで……何度も。

改めて確かめるまでもない。

外に居た魔獣が、各所に在る出入り口を破って侵入してきたのだ。

ベニントン宮の扉はいずれも、樫の木を使った分厚い扉であるのだが……大型魔獣の突撃には、先に扉を固定する金具の方が壊れたのだろう。役立たずの単なる板材となった扉が倒れる音が、衝突音に少し遅れて聞こえてきた。

「地下へ！」

独り食堂に残ったユリシアの叫びに背中を押される様にして、リネットらは皇太子二人と皇妃、それに使用人達と共に宮殿内を走る。

細かい状況を把握していない──魔獣の姿をはっきりと己の目で見て居ないので、使用人の多くが、地下への避難に躊躇する素振りを示していたが……

「デイヴィッド、義母様も！　急いで！」

とミラベルが『弟』と皇妃を促す。

第一皇太子の言葉、しかも第二皇太子と皇妃が従っているとなると、さすがにこれに逆らう使用人もいない。一同は足早に廊下を進んでいくが――

「……リネット」

「うん。分かってる」

ルーシャに耳打ちされてリネットは頷いた。

魔獣の突入と共に外の赤い霧が少しずつ入って来ている。

あの〈コロモス〉の吐く『破魔の吐息』だ。

リネットらが腰の魔導機剣を抜いたのを見て、何を思ったか――

「あの、わ、私達も――」

と使用人達は携帯用の小型魔導機杖に手を掛ける。

使用人達も、非常時ともなれば護身用の魔術で戦う程度の心構えは持ち合わせているのだろう。自分達よりも年若いリネットらにばかり戦わせているというのにも気が引けたのかもしれない。

だが――

「あの魔獣は魔術を無効化します」

と走りながらルーシャが説明する。

「私達は半年前にアレの集団を率いたスカラザルンの部隊に学校ごと襲われました。魔術が無効化されているのも見ています」

「それに……」

とリネットもルーシャの隣から付け加える。

「あの魔獣はヴァルデマル皇国方式の魔術式に反応して襲ってきます。下手に魔術を使おうとすると、むしろ危険です！」

「で、でも、あのお姉さん、家政婦さんは――？」

と心配そうにデイヴィッドが言うのは――ユリシアの事である。

彼女はリネット等と共に移動していない。

先述の通り――食堂に残ったのだ。

ユリシア曰く、敵の目を自分に引き付けて時間を稼ぐ――との事だったが、彼女が持参していたのも、大型で軍用らしいとはいえ、魔導機杖である。

つまり〈コロモス〉の破魔の吐息の前では無力である事に変わりは無い筈なのだが……

「ユリシアさんは単なる家政婦ではありません、大丈夫――です」

とリネットは言った。

最後に口の中で『多分』と付け加えたのは、リネットもユリシアの『本気』を見た事が無かったから、だが。

（ユリシアさん……ジン様……！）

膨れ上がる不安。

リネットの中で間違いなく『最強』であるジン・ガランドは今ここにはおらず、彼に教わった魔剣術も、〈コロモス〉の前では通常の魔術と同じく無効化されてしまう。

だが——

（今は……ミラベル様を護る事だけを考えないと）

物事の優先順位を間違えれば全て台無しになりかねない。

小さく首を振ってまとわりつく不安に抗うと、ミラベルの隣に並んでリネットは走った。

●

「——イスカ・シャル・マー・ゾマ・ア・クナ・タル」

呪文詠唱。

食堂の硝子窓越しにユリシアは外に立ちこめる赤い霧を見つめる。

「……其は威力・其は暴力・我等が前にたちはだかる軍勢を駆逐せしめる・不可視の破城槌なり――」

朗々と呪文を唱えながら魔導機杖を操作。

「――滅ぼせ・〈怒濤雷〉」

きん、と音を立てて魔導機杖の宝珠が光を帯びる。

次の瞬間、周囲の風景の明暗を逆転させる程の強烈な光が、食堂の窓を破砕して迸る――

「…………」

――かに見えたが。

それはしかし、窓を破ってベニントン宮の外に出た途端、まるで幻であったかの様に綺麗さっぱりと消え失せていた。魔術式を失った魔力が、無作為に事象転換して、轟々と周囲の空気が鳴いてはいたが――現象としてはそれだけだ。

「……まあここまでは想定通りなのですが」

とユリシアは呟く。

「不発でも今の光で充分に敵の注意は引けたでありましょう」

彼女が自ら魔術で破った窓のみならず、魔獣の体当たりで破られた各所の出入り口からも、赤い霧がゆるゆるとベニントン宮内に入り込んでくる。

触れれば魔術式を自動的に解体し無効化する〈コロモス〉の吐息。

この霧が宮殿内に充満すれば、一切の魔術は使えなくなる。

それはつまり、魔術士たるユリシアには、戦う手段が封じられるという事に他ならない
――のだが。

「……逆に言えば……よっこらせ」

食堂の縦長な食卓の上に靴のまま登って大型の軍用魔導機杖を構えたユリシアは、燭台の炎に眼鏡をきらりと光らせながら笑った。

「霧に触れない限りは魔術が使えるですよ！」

半年前のウェブリン女学院での一件については、ユリシアはジンから詳しい事を聞いている。

〈コロモス〉の吐息は元々、開けた場所でも使えるようにと想定されていたのだろう――あの赤い霧は空気よりも重い。

つまり、赤い霧は床から順次『堆積して』いくのであり、宮殿内を覆い尽くすにはそれなりに時間が掛かる。

食卓の上まで、あるいは食堂の天井まで、赤い霧が満ちるのにもしばしの猶予がある筈

だった。

「でもって！」

ユリシアは魔導機杖を操作。

途端、同じく食卓の上に上げておいた木箱が自ら弾けて分解する。

中に収められていた有線式の人形が二体、発条仕掛け特有の瞬発的な動きで身を起こした。

リネットらと模擬戦をした時と同様のものだ。

ただしあの時と違って、人形は全身が黒い上、両手には二本ずつの剣――いや、半ばから二股に分かれた異形の剣を装備している。

しかも――音を立ててその手首、足首から、鉤爪の様なものが起き上がる。人の形状を模してはいるが、全身これ武器といった様子で、その姿はひどく威嚇的である。

「〈若様弐号〉と〈若様参号〉に急遽取り付けた鉤爪ですが、これで上手くやれる筈――」

というユリシアの言葉と同時に、人形二体は食卓を蹴って跳躍。

壁に激突するか――の様に見えてしかし、両手両足で壁に張り付き、堕ちてこない。まるで虫か、さもなくば家守の類の様に。

どうやらその鉤爪を食い込ませて、身体を支えているらしい。

そして――

「来るなら来いなのです！　魔術殺しの魔獣、何するものぞ！　そういうのは若様でこっちは慣れっこなのです！」

と堂々と、聞く者も居ないであろうに、何やら得意げに言うユリシア。

次の瞬間、大人の膝の辺りまで満ちた赤い霧の間から、白い何かが飛び出してきた。

「――！」

ユリシアがそちらを見た瞬間、壁の人形二体がその白い何かに飛び掛かる。双股剣が突き出され、白い何かが突き出してきた凶器と激突して火花を上げた。

「……〈コロモス〉ではない？」

とユリシアが漏らした通り、それは〈コロモス〉ではなかった。

〈コロモス〉よりも遥かに小さい、猿の様な大きさと形の魔獣。

額に角が生えており、両手に刃物そのものの長大な鉤爪が備わっているのがその特徴だった。

「確か局地戦用の――〈プリオムル〉!?」

猿を素体に改造を施された魔獣。

敏捷性と潜伏性に優れ、物陰に潜んで敵が通りかかるのを待ち、魔術で反撃される前に相手を殺す。冬眠にも似た仮死状態に自身を落とし込む事が出来る為、潜伏し待機している間は、魔術での探査でも発見しがたいとか。

ただし奇襲に特化している事、元々の体躯が小さい事から、単純な力そのものは他の大型魔獣に劣る。

それでも野生の猿と同様、人間よりも遥かに強い握力を持ち、ある程度まで道具を使いこなす頭の良さを備えている為、いざ格闘戦になれば魔術を使えない限り人間に勝ち目はほぼ無い。

だが――

――ぎいっ！

と吼えて壁に張り付き、人形と二撃、三撃と打ち合った後、〈プリオムル〉は再び水面下に――いや赤い霧の中に沈んで消えた。

「なるほどなのです」

とむしろ感心した様子で周囲を見回すユリシア。

魔術で探査出来ない以上、足下の赤い霧の何処から襲ってくるのか事前に察知するのは難しい。これは〈プリオムル〉運用に向いた状況といえた。

「いえ。そもそも一体とも限らないのです」

三体も四体も霧の中に潜んでいて、一斉に飛び掛かられれば——さすがにユリシアには防ぎきれない。先程破った窓からも〈コロモス〉が飛び込んでくる事も在るだろう。

「しかし所詮、ケダモノはケダモノなのです」

とユリシアは言って。

「この赤い霧の中、魔術で新規に命令を送れない以上は——」

次の瞬間、ユリシアの背後から、赤い霧を押し退けて飛び出してくる〈プリオムル〉三体。

魔獣の鉤爪がユリシアの首筋に迫り——しかし。

——ぎあっ⁉

魔獣の身体を左右から突き出された双股剣が貫いたのは次の瞬間だった。天井から、足の鉤爪を食い込ませ、逆さまにぶら下がった人形二体が、左右から高速の刺突を放ったのである。

長い双股剣は、難なく小柄な魔獣三体を刺し貫いていた。

――ぎあっ、ぎああっ！

微妙に刃が湾曲している上、釣り針の如き『返し』が先端についている双股剣は、魔獣が暴れても中々に抜けない。

そもそもこの双股剣は、斬る為のものというよりも、槍の様に突き刺して、相手を押さえ込む為にこういう形状をしているのである。

「当然、獣の浅知恵でも実践できる基本の奇襲行動を採るしかないのですよ。それはひどく先読みしやすいのです」

受令器を備えているとはいえ、魔獣は魔術を無効化する赤い霧の中に潜んでいる間は、スカラザルン兵からの命令を受け取れない。当然、この場では〈プリオムル〉が調教で記憶している基本戦法を実践するしかないのだ。

『敵を背後から襲え』

『敵の急所を狙え』

そういった基本中の基本を忠実になぞるだけだ。

「ふっふっふ。伊達にガランド家の家政婦をしている訳ではないのです。魔獣なんぞ――

私にかかれば若様が部屋に隠している艶本を探し出すよりも容易いのです！」

と人形が〈プリオムル〉二体に、その双股剣でとどめを刺している様子を見ながら言うユリシア。

ちなみに――ユリシアがジンの部屋でその艶本の類を発見した事は未だないのだが。

「さあ、かかってくるがいいのです、私は逃げも隠れもしないのです！」

そう言って何処にいるかも分からない襲撃者を――魔獣を操っている『飼い主』を挑発するユリシア。

彼女が独り此処に残ったのは、つまり、目立つように振る舞って、敵の戦力を出来るだけ自分に引き付ける為――だったのだが。

「………あれ？」

とユリシアが眼鏡の奥で目を瞬かせる。

食堂に通じる廊下――そこを、〈コロモス〉と〈プリオムル〉が揃って進んでいくのが薄らと霧越しに見える。

食堂のユリシアには目もくれずに。

「ちょ、ちょっと待つですよ!?」

とユリシアは声を掛けるが、しかし当然、魔獣が待つ筈も無い。

〈コロモス〉はヴァルデマル式の魔術に反応して襲ってくる様に、基本の条件付けがされているとの事だったが……今回に限っては、恐らくは幾つかの条件が揃えば、敵を無視して『標的』を探す様に予め命令されていたのだろう。

「ああっ――まずいのです」

ユリシアは食卓から降りてしまえば――赤い霧に触れてしまえば、途端に魔術が使えなくなってしまう。

そうなれば彼女はただの非力な女一人でしかない訳で。

「ええと……その、リネット、頼んだですよ？」

ユリシアはそう言うしかなかった。

●

ベニントン宮の地下室は元々氷室を兼ねている。

通年、外気温の影響を受けにくい地下は、温度や湿度の管理がし易く、食材から美術品、調度品に至るまで、様々なものの保管に向いていた。

結果、ある程度の気密性を保った上で、温度や湿度について一定期間毎に――半日に一度等、魔導機関で干渉出来る様に、十年ばかり前に造り替えられたのである。

当然……地上の赤い霧も、扉を閉めればそうそう入っては来ない。

さすがに換気や調湿調温用の魔導機関は動かせないだろうが、二日も三日も閉じこもっているのでもない限り、中の人間が窒息したり凍死したりはすまい。精々が気温の低さで風邪を引く程度だろう。

ただ――

「兄上、兄上、あの家政婦さん――大丈夫かなぁ」

ミラベルに――いや『クリフォード』にそう尋ねているデイヴィッド。

この奇跡の様に純真な第二王子は、ユリシアの事が心配でたまらないらしい。未だ顔を合わせてそう日数も経っていない筈なのだが、彼はリネットらにも馴染んでおり、専属の様な状態で護衛に就いていたアリエルらは、すっかり彼の愛らしさに『やられて』いる状態だった。

「ああ。大丈夫だよ。きっとね」

と『クリフォード』も愛おしげにデイヴィッドの頭を撫でながら、そう言って慰めている。

そんな様子を見ながら――

（……人徳というか……）

ふとリネットはそんな事を考える。

人間、持って生まれた才能というものがあるのは、リネットもよく知っている――嫌という程に思い知らされているが、それは単に『あれが出来る』『これが出来ない』といった明白に白黒がつく様なものばかりではない。

デイヴィッドの様に『何だか分からないけれど放っておけない』――周りの者にそう感じさせずにはいられない何か、容姿からその表情、仕草、声音、口調、そういった諸々が奇跡の様に上手く噛み合わさって出来上がる『特質』を備えているものも居る。

別の言い方をすれば求心力とでも言おうか。

（本当に皇太子様なんだよね……）

親が皇帝だからというよりも、何百年もの間、連綿と受け継がれてきた皇室の血統とも言うべきものが、デイヴィッドの様な人間を造り上げるのかも知れない。

生まれついての皇帝。生まれついての尊き存在。

だが――同じ血を引いていながら、そう扱われなかった者も居る。

「大丈夫だよ……」

そう繰り返してミラベルがデイヴィッドの頭を撫でる。

その様子をオーガスタ妃が目を細めて見つめていた。

「リネット？　どうしたの？」

ルーシャが声を掛けてくる。

「あ……うん、えっと」

リネットは束の間、口ごもって頭の中で言葉を探していたが。

「こんな時だけど……クリフォード殿下とデイヴィッド殿下、本当に、仲が良いなあって」

「……そうね」

とルーシャは頷く。

「場合によっては、皇位継承権を争う事だってある間柄なのにね」

「それは……」

リネットは言葉に詰まった。

そもそも永きに亘り敵対してきたヴァルデマル皇国とスカラザルン帝国、この両国の関係も元はといえば、血を分けた兄弟の跡目争いから生じたものだ。

時に皇帝の血統というものは殺し合いまで引き起こす。

人間の運命を、未来を容易く歪な形にねじ曲げる。

ならばそんな立場に生まれた者は、それをどう受け止めるのだろう？

（ミラベル様も……そうなんだよね……？）

皇帝の子として生まれながら、双子の姉という理由から、クリフォードと差別され、弟の替え玉として育てられてきた娘。

クリフォードの『偽物』であり『予備』。

そう生まれついてしまった事を、彼女は呪った事は無いのだろうか。

そんな風にミラベルとデイヴィッドを――見つめていたからだろうか。

（……え？）

彼等の背後――皇太子二人に隠れる様にして、壁際でオーガスタが魔導機杖を操作するのが見えた。

（この場で一体、何を？）

怪訝に思うリネット。

既に地下室に避難して、通風口を塞ぐ、扉に鍵を掛ける、といった作業は完了している。

後はむしろ敵の注意を引かぬ様に、じっとしている、静かにしているのが、最善手である筈で――魔術を使う必要など、無い筈なのだが……

「………？」

オーガスタ妃が――不意に、泣き笑いの様な表情を示す。

瞬間、殆ど反射的に――自分でも理解出来ない衝動の様なものに突き動かされて、リネットは鞘から破魔剣を抜いていた。

「――リネット!?」

「――吼えろ・〈轟獣〉」

オーガスタ妃の声と共に攻撃魔術が発動する。

轟音が――いや衝撃波が迸り、地下室にいた使用人全員が、ばたばたと意識を失って昏倒する。リネットの同級生である魔剣士の少女四人も同様だった。

地下室という環境上、衝撃波は周囲の壁に反響して幾重にも中に居る人間を襲う。それは小刻みな震動となって、皮膚を、肉を、骨を透過し、脳髄を揺さぶったのだ。

「リネット!?　オーガスタ妃!?　な、何!?」

とさすがにルーシャが混乱した様子で声を上げるが、しかしリネットにも何も答えられない。

リネットが破魔剣を抜いたのを見て、彼女も咄嗟に自分の破魔剣を抜き掛けていたのだが、それが幸いしたのだろう。二人して魔術の直撃を喰らわずに済んだのだ。

しかし――

「義母殿!?」

と声を上げるのはミラベルである。

オーガスタの放った魔術は……恐らく自分自身を巻き込まない様に、威力に差を付けた衝撃波を二重に放ち、一定の『相殺』された領域を造る様に設定されていたのだろう。

幸か不幸か、オーガスタの傍に居たミラベルとデイヴィッドも、気絶を免れていた。

「何をなさって――」

「黙りなさい」

音を立てて魔導機杖から杖剣が跳ね上がる。

その切っ先は、避ける間も無くミラベルの首筋に当てられていた。

「オーガスタ様⁉ 何をしておられます⁉」

ルーシャが魔導機剣を構えながら問う。

「ご乱心なさいましたか⁉」

「いいえ？」

とオーガスタは穏やかに笑って首を振った。

「乱心などしていませんよ。全て最初から計画通り」

「最初から……⁉」

「ええ。近づかないで、魔剣士達。いえ。武器を棄てて。その二本の剣を棄てて、壁際まで下がりなさい」

オーガスタは殊更に杖剣の存在を示しながら言った。

これ以上近づけばミラベルの首を掻き切る、とでも言うのだろう。

だが――

「母上……？」

呆然と声を上げるのはデイヴィッドである。

「何をなさって――」

「デイヴィッド。ああ。私の可愛いデイヴィッド」

オーガスタはそう言いながらも、デイヴィッドとミラベルを引き剥がす様にして、後ずさる。

「貴方は皇帝になるのです」

「母上？　皇帝には兄上が」

「ええ。クリフォード殿下が居ては、貴方は皇帝になれない」

オーガスタは哀しげに首を振った。

「だからクリフォード殿下には貴方より先に死んで貰わなくては」

「オーガスタ様っ……！」

「貴女達は未だ若いから分からないでしょうね？」

と憐れむかの様な目でオーガスタはリネット等を見つめる。

「貴族の、皇族の、妻になるという事が、どういう事か」

「何を――」

「世継ぎを生んで、その子を育てる事。それが全て。それが存在理由なのよ。他の事なんて望まれていない。他の事なんて望めない。なのに私は最初から『負けて』いたわ」

オーガスタ妃がしばしば今も『第二皇妃』と呼ばれるのは、クリフォードの母である第一皇妃の後に、ヴァルデマル皇帝に嫁いだからだ。

これは第一皇妃が病を患い、世継ぎを産めるかどうか分からないとされていた時期、是が非でも皇帝の嫡子を残したいと皇室関係者が、未婚の貴族の娘達の中から、健康で世継ぎを残せそうな若さの者を選んだ結果である。

つまり――最初からオーガスタ妃は、第一皇妃の『代わり』だったのだ。

だがその後、第一皇妃はクリフォードを生んでそのまま身罷ってしまう。同時にオーガスタ妃は懐妊しないまま数年が過ぎ、『第二皇妃は無駄だった』『今の内に第三皇妃を選定しよう』という意見までが皇室周辺で出てくる様になった。

オーガスタ妃は期待されていなかった。

少なくとも彼女自身はそう感じていた。

だからこそ……皇妃となって七年、ようやく懐妊した時には、周りに大層驚かれたのだという。

ただ――

「私は頑張ったわ。頑張ってデイヴィッド、貴方を産んだ。なのにクリフォード殿下がいる。彼がいれば貴方は第一皇太子になれない、彼が生きている限り、いつまでも皇帝になれない――」

オーガスタは震える声で言った。

「ああ、ああ、そんな馬鹿な事って無いわ、そんな酷い事って無いわ、無いのよ！　私は、私はちゃんと務めを果たしたのに！　別に私もデイヴィッドも『居なくても良かった』なんて酷い事を――言われる筋合いは無いのに！」

「………ッ」

リネットは胸を突かれる様な気持ちだった。

こんな――ヴァルデマル皇国の皇妃や皇太子ですら、『居なくても良かった』などと言われるのか。

生まれてきたのに。この世に既に居るのに。

誰にも望まれていないなどと――

「クリフォード……あなたが生きていれば、デイヴィッドが皇帝になれないのよ……！　お願いだから、お願いだから、死んで？　ね？」

そう言うオーガスタ。

「私は第一皇妃の『身代わり』なんかじゃないし、デイヴィッドもクリフォード殿下の予備や身代わりなんかではないの！　でも貴方が生きている限り、私達は――本当の皇妃に、本当の皇太子に、なれない、いつまでも『予備』のまま！」

「まさか、スカラザルンと――」

「手を組んだの」

と戦慄を色濃く含んだルーシャの言葉に、あっさりオーガスタはそう告白する。

「その気になればスカラザルンの者と接触するのは簡単だったわよ？　向こうは向こうで皇室周辺に伝手を求めていたから」

素行の悪い者、道を踏み外した者、そうした者に敵国の潜入工作兵は甘い言葉を囁きながら近づいてくる。

近衛騎士団の人間は、その身元や素行を徹底的に調べていたとしても……その家族や知人友人の状況まで常時監視している訳にはいかない。

賭け事で身を持ち崩す、商売で失敗する、艶事で深みにはまる、そういった『よくある出来事』を切っ掛けに、『一度だけなら』と相手の誘いに乗ってしまうと、後はもうその事実を逆手にとられて抜けられなくなってしまう。

近衛騎士団の者達と親しくしていれば、家族や友人知人の、素行の悪さに関する愚痴を耳にする事もあるだろう。

そこから辿っていけば——

「正気ですか⁉　近衛騎士団の一件も、スカラザルンと⁉」

ルーシャは半年前の事件で教師がスカラザルン兵に——その命令で魔獣に殺されるのを見ている。彼女にしてみれば、スカラザルン帝国の人間というのは一律に『血に飢えた殺人者』という認識になっても不思議は無かった。

「元はヴァルデマル皇帝の血筋から派生した親戚でしょう？」

これもあっさりとオーガスタは禁忌とも言うべき事実に言及する。

「それは——」

「同じ人間よ？　ええ。私や貴女と同じ、皇帝や騎士と同じ……ただの人間。ならば手を組むのに何の不都合が？」

明らかにオーガスタ妃は常軌を逸していた。

自分の存在理由、息子の存在理由、それを全うする為ならば、ヴァルデマル皇国の国体そのものを揺るがす相手と組む。

その結果としてデイヴィッドが皇位継承者第一位になれたとしても、彼が皇帝の座に就くまで、スカラザルン帝国がヴァルデマル皇国を存続させてくれるとは限らないのだが——そんな当然の理屈にすら思い至らなかったのか。

それとも、思い至っても、その考えを敢えて無視してしまう程に、追い詰められていたのか。

その皇妃としての仮面の下で。

誰にも知られる事無く、深く、静かに——

「義母殿——いえ、オーガスタ様」

それまで黙っていたミラベルが低く抑えた声で言う。

「お気の毒ですが、私はクリフォード殿下ではありません。殿下の替え玉——」

「勿論、知っているわよ」

とオーガスタは何処か歪みを含んだ笑顔で頷いた。

「気付かない筈がないでしょう？　私の子ではないとはいえ、クリフォード殿下が未だ赤ん坊だった頃から私は知っているのよ？　クリフォード殿下が初めて私を『義母殿』と呼んでくれた時の事だって、覚えている、貴女はそれを知っている？」

「…………」

ミラベルが黙り込む。

第一皇妃はクリフォードが物心つく前に死んでいる。デイヴィッドが生まれるまで彼の母親役を務めていたのはオーガスタだ。

血が繋がっていないとはいえ、クリフォードにとってはオーガスタこそが母親であったはずで、それは恐らくオーガスタにとってさえ――

「でもね……あなたが生きている限り、クリフォードが死んだ事にはならないのよ？」

オーガスタの眼には恐ろしく濃密な何かが――執念、いや、妄執とも言うべきものが滲んでいた。

「だってあなたはクリフォード殿下の『影』――あなたもまた、クリフォード殿下の予備で身代わりでしょう？」

「――っ！」

ミラベルが身を震わせる。

それは……彼女自身が自分を評して言った言葉と大差は無い。

自分はクリフォード殿下の替え玉。

自分はクリフォード殿下の身代わり。

自分は――

だがそれは自分ではどうにもならない生い立ちと状況の中で、自分の中の不平不満を押し殺す為の呪文に過ぎない。

「私は――」

「私は、『影』なんかじゃない！」

形が似ているだけの、中身のまるで無い、薄っぺらい、形だけの存在ではない。自分はミラベルという名を持った一個人――

「私は――」

勢い余ってミラベルの首筋に当たっていた杖剣が、彼女の皮膚に傷を付け、首筋を赤い雫がぽろぽろと滑り落ちていく。

「クリフォ――……ミラベルさん！」

リネットが叫ぶ。

結局、未だリネットもルーシャも剣を棄ててはいないのだが、だからといってオーガスタがミラベルの首を掻き切るのを止める手段は二人には無い。

しかも――

「……そろそろ、ね」

呟く様に言うオーガスタ。

何がそろそろなのか？

その意味をリネット達が問う前に――答えは自らのっそりと姿を現していた。


――ばんっ！


木箱の蓋を内側からはね除けて、身を起こしたのは。

「――魔獣⁉」

白い異形の生き物。

猿の様な姿だが、その頭部には角が備わり、その両手両足には凶器そのものの鉤爪が備わっていた。

「い……いつの間に⁉」

「恐らく、食材にでも偽装してあったんでしょう」

とルーシャが忌々しげに言う。

「思い出して。地下室に逃げ込むように提案したのは、誰？」

「――!」

仮死状態のままこの地下室で箱詰めの魔獣を保存する。

時が来れば、魔術か何かでそれらを起こす。あるいは最初にオーガスタが使った衝撃波の魔術が、魔獣を起こす鍵にもなっていたのかもしれない。

用意周到というべきか。

それともその執念に呆れるべきか。

いずれにせよ――

「私とデイヴィッド以外の人間は皆、見たら攻撃を仕掛けて殺す様に命令を与えてあるわ。そして私達だけは、木箱の中に立て籠もっていたとして『救出』されるの」

オーガスタはそう言って――ミラベルに杖剣を突きつけたまま壁際にまで退がっていった。

●

「まるで蜘蛛にでもなった気分なのです」

と呟くユリシア。

彼女は今――食堂から脱出して、ベニントン宮の廊下に居た。

正確にはその床を歩いているのではなく、天井に張り付いていた。

勿論――ジンならばともかく、身体能力に若干の不安のある彼女に、自力でそんな曲芸めいた真似が出来る筈もない。鉤爪を天井に食い込ませてこれを這う人形二体に、魔導機杖ごと抱えられて移動しているのだ。

「もしくは羽虫の類か……煙に燻し出される害虫の気持ちが堪能出来るですね……」

そう言うユリシアのすぐ真下まで赤い霧は迫ってきている。

途中、何とか霧の濃度を薄められないかと窓を開け放ったりもしたが、霧は濃くなるばかりで、一向に状況は好転しない。

敵は恐らくこの時間、この街区の風向きを読んだ上で、〈コロモス〉を配置して〈破魔の吐息〉を流し続けているのだろう。

強制的に換気扇の類を用いて空気を入れ換えねば赤い霧は排除出来ないが――その手の設備は大抵が、魔導機関で動くので、この状況では全く役に立たない。

かといって、ただ『気味の悪い赤い霧』が立ちこめているというだけで、即座に皇宮や騎士団の詰め所、軍の駐屯地に連絡が行くとも考えにくい。先ず周囲の人間はベニントン宮の者と連絡を取って状況を確認しようとする筈だが、魔術による連絡が出来ない以上、迅速な行動を望むのは難しいだろう。

となると〈コロモス〉を排除するか、さもなくば周囲が異常に気付いて人を派遣するまで耐えるしかない。

だが赤い霧を避けて天井を這うしかないこの状況で、改めて先の小型魔獣に襲われれば、ユリシアとしても満足に迎撃できるかどうか。

「もしくは――」

と呟いたところで、ふとユリシアは気がついた。

霧が――屋敷の開け放した窓越しに見える霧が、薄れてきている。

ベニントン宮の中には赤い霧はそのまま滞留しているが、戸外のそれは、夜風に吹かれて希薄化が始まっていた。

〈コロモス〉が何らかの理由で赤い霧を吐くのを止めたのか。

それとも――

「――!」

赤い霧の中を奔る――赤の中に在っても尚、鮮烈に赤い何か。

それが人の形をしているのだと知った時、ユリシアはその正体にも気付いていた。

「若様っ!」

〈鉄血〉の魔術で己の血を鎧状にしてまとったジン・ガランドが、戻ってきたのだ。

次の瞬間──

「──っ！」

ジンの裂帛の気合いと共に、虎によく似た、しかし青と黒に彩られ、角を備えた動物の首が、赤い霧の中から跳ね上がり、そして再び霧の中に没していった。

ジンが急襲して〈コロモス〉の首を刎ねたのだ。

恐らくはここに来るまでにも何頭か斃してきたのだろう──赤い霧が薄れ始めているのはそのせいか。

しかし──

「若様っ！　左っ！」

人形と共にベニントン宮の窓から外に出て、外壁に張り付いて登りながらユリシアは叫んだ。

上からベニントン宮の敷地を見下ろす位置に居るユリシアには、ジンの横手から彼に向かって迫る何か巨大な異形を認めていた。

赤い霧の中を──まるで水面下で獲物に迫る鮫か何かの様に、その存在を影だけが不気味に主張している。

「…………！」

咄嗟に身を捻るジン。

彼の掲げた〈影斬〉に魔獣のものらしい鉤爪が激突したのは次の瞬間だった。

「若様っ⁉」

吹っ飛ばされるジンを見てユリシアが叫ぶ。

長々と空中を飛んで、ベニントン宮の庭に植えられていた樹の幹に叩き付けられる——と見えた瞬間、彼は血の鎧を解除し、それが弾ける勢いで自分に襲い掛かる衝撃を相殺していた。

「ユリシア。リネットらはどうした？」

そのまま左手で樹の枝にぶら下がりながらジンは問うてきた。

「……地下に！　気密が確保出来るらしいので、〈コロモス〉の霧も届きませんです」

と——安堵の吐息を挟んでそう答えるユリシア。

「とりあえずは大丈夫か。だが——なんだあれは」

「〈コロモス〉か〈プリオムル〉ではないのですか？」

「いや。あれは——」

とジンが口を濁したその瞬間、赤い霧の『水面下』に潜んでいたそれが身を起こして姿を現していた。

「…………」

「呆れたものなのです」

ジンが眉を顰め、ユリシアが言葉通り呆れ混じりの声でそう呟く。

それは……巨人だった。

赤い霧の中を手足をついて這い回っていたそれは、概ね人の形をしていた。ただし概ねと言ったのは、細部がおよそ人の肉体とはかけ離れているからだ。

具体的には複数の魔獣が溶け合っていた。

〈コロモス〉と〈プリオムル〉がそれぞれ数体ずつ。

その身体を無理矢理『人型』という透明な器の中に詰め込んだかの様な異形である。

しかもその胸に相当する部分には、半球状の窪みが生じており、そこに、胎児の如く手足を折り縮めた小柄な男が塡まり込んでいるのだ。

「察するにあれは――」

「魔獣同士を『部品』に使って融合させて造った人形か」

「恐らくは」

共に樹と壁に張り付いて、赤い霧の中に沈むのを避けながら、ジンとユリシアは言葉を交わす。

「受令器を植え付ける際に使う菌類を流用して、神経系を無理矢理繋いでいるですかね。接触部は――〈コロモス〉にも仕込まれていたという腐敗菌で一旦溶かしておいて、治癒系の魔術で強制的に融合同化、とか」

「…………」

「スカラザルンでは臓器移植の際にそうした手法が使われると聞いた事があるですよ」

「子供の工作じゃないんだぞ。くっつけただけでどうにかなるもんでもないだろう」

「ですから、あの胸のスカラザルン兵でありましょう」

とユリシアは人差し指をくるくると回しながら言った。

「恐らくあのスカラザルン兵が司令塔……霧に触れない『内側』から魔術を行使し、受令器に命令を下しているのではないかと」

「……呆れたもんだな」

「全く同感なのです」

と頷いてから、ユリシアは溜息をついた。

「ですが膂力は単純に筋繊維の量に依存するですから、まともに殴られれば恐らく若様もぺちゃんこなのです。お気をつけを」

「先の一撃(いちげき)で思い知ったよ。手っ取り早く斃したいなら、あのいかにも『急所です』って感じのスカラザルン兵を殺せばいいんだな？」

悠然(ゆうぜん)と自分達の方に向き直る『巨人』を見ながらジンは言った。

さすがに人間に数倍する巨体(きょたい)で二足歩行するのは、難儀(なんぎ)なのか――その動きは獣のそれというよりも、ユリシアの人形に近い。

動作の一つ一つは素早(すばや)いのだが、その繋がりがぎこちない感じだ。

ただ――

「そうなのですが、若様、お忘れですか？」

「なにをだ？」

「私の人形と戦った時の事です」

「…………」

眉を顰めるジン。

「命令を送ってさえおけば、しばらく人形は動き続けるですよ。魔術(まじゅつ)を破っても同じです。しばらくは魔獣の脳を姿勢制御(せいぎょ)に使って動く位はするでしょう。つまりあのスカラザルン兵を瞬殺(しゅんさつ)出来たとしても、迂闊(うかつ)に近づけば、捕(つか)まって終わりです。恐らくただ握(にぎ)られただけでも骨が砕(くだ)けるですよ」

「なるほど？」

ジンは物憂げな表情で頷くと——

「ならば動けないようにするまでだ」

そう言って枝から手を離し——赤い霧の『海』へと自ら落下しながら、破魔剣〈影斬〉を構えた。

●

ベニントン宮を間近に臨む——とある屋敷の屋根の上。

そこに腰掛けながら、赤い霧に沈むかの離宮と、その敷地内を歩く異形の巨人を眺めながら、密やかに笑い声を漏らす者が居た。

アノニス・ドナルラグ。

スカラザルン帝国七賢人の一人たる技術将校が、白い仮面の奥でどんな表情を浮かべているのかは分からないが——声から察するに、ひどくこの状況を楽しんでいる様だった。

「……ジン・ガランドに、ユリシア・スミス……おお、懐かしい顔ぶれだな。そうは思わないか、ん？」

とアノニスは言う。

まるで誰かに話しかけているかの様な口調だが、周囲に他の人間の姿は無い。仮面の女が一人、付き添う者も居ないまま、屋根の上に座って独り言つ姿は、ひどく異様というか——場違いな印象だった。

「だがジン・ガランドが此処に来たということは、グレーテル・ドラモンド特佐は死んだか……残念な話だ」

言葉とは裏腹に、楽しくて楽しくてしょうがない、そんな内心が滲み出ているかの様な声である。

「安心するがいい、ドラモンド特佐。貴様の任務は全て私が引き継いでやろう、七賢人の同輩を捜す任務も含めてな」

そう言うと、アノニスはもう用は済んだとばかりに、立ち上がり、ベニントン宮に背を向けた。

●

リネットとルーシャ。

ジン・ガランドの薫陶を受けた魔剣士の少女二人。

彼女等は、まるで互いが鏡に映る像であるかの様に、左右対称の綺麗な動きを示して背中合わせの状態から一歩踏み出していた。

呪文詠唱もほぼ同時。

「――閃け・〈雷光〉！」

「――弾けよ・〈閃炎〉！」

左右から少女達を襲わんと飛び掛かっていた〈プリオムル〉は、それぞれ、眼の前に弾けた炎の光に目を焼かれ、あるいは迸った稲妻の光に同じく視界を奪われ、一斉に姿勢を崩していた。

（『一対多の場合は先ず敵の出鼻を挫く』――）

脳裏でジンの教えを忠実に暗唱しながらリネットは更に踏み込んでいた。既に歩法と呼吸で積み上げた基礎部分の上に、今度は別の魔術の術式を乗せる。

ジンによって教えられた『内向き』の魔術。

自らの肉体を、限界稼働させるための秘策。

これは本来、声に出して呪文を唱える必要すら無いが――

（――〈覚殺〉ッ！）

そう胸の内で唱えた瞬間、リネットの全てが切り替わった。

「――ッ！」

打ち合わせずとも考えは同じ。

リネットと同時にルーシャも短い呻きを――いや喘ぎを唇から一度漏らして、その動きを加速させていた。

少女達は猛烈な速さで、起き上がってきた〈プリオムル〉に攻撃を仕掛ける。先ず破魔剣の振りで相手を牽制――反射的に身を反らしてかわした魔獣に向けて突き出される魔導機杖剣の刺突。

切っ先が相手の身体に潜り込んだその瞬間、リネットとルーシャは魔術を解き放っていた。

「叩け・〈爆槌〉！」

「刻め・〈雷刃〉！」

共に先とは異なる大威力の攻撃魔術。

〈プリオムル〉は内側から爆炎に焼かれ、あるいは稲妻の溶断刃に切り刻まれて、弾け飛んでいた。一撃必殺どころの話ではない。一撃必滅――殺傷というより死体も残さぬ破壊だった。

これは――

（『相手に魔術を叩き込んでも油断はするな。致命傷を負わせても、息が在れば反撃を喰らう事も多い』）

（『閉鎖空間では迂闊な魔術は自分に威力が跳ね返る。逆に言えばその対処さえ出来れば大威力の魔術を使っても良い』）

少女達は改めてジンの教えを忠実になぞっていた。

先に〈爆槌〉や〈雷刃〉ではなく派手さの割に威力の低い魔術を用いたのは、気絶しているアリエルらや、使用人達を――更に言えばミラベルやデイヴィッドを巻き込まないようにと考えたからだ。

相手の体内で魔術を発動させれば、その身体そのものが緩衝材となって周囲に被害を及ぼさない――

「――はっ！」

たたん、と軽い踏み込みの足音と共に、リネットとルーシャは二人で一輪の花の様に半回転。続けて襲い掛かってきた〈プリオムル〉二体に対して、破魔剣が突き出される。

〈プリオムル〉は咄嗟に身を捻ってこれを回避。

だが破魔剣はあくまで陽動。

先に斃した〈プリオムル〉の血糊を払い落としながら旋回した魔導機剣が、下から斬り付けていく。

強化されたリネット等の膂力は、魔術を使うまでもなく、魔獣の肉体を易々と切り裂き、剣は股間から脇腹へと抜けていた。


——ギャアッ！


悲鳴を上げながら、片足を付け根から失った〈プリオムル〉が床に跳ねる。そこに破魔剣の切っ先が突き下ろされたのは次の瞬間だった。

文字通りに瞬く間。

軍用兵器として造られた四体の魔獣が、二人の少女によって斃されていた。

「……っ！」

壁際のオーガスタが驚きの声を上げる。

彼女は——幸か不幸か、リネット等の『実戦』をまともに見た事が無かった。

眼にしたのはただ、広間にてジンに『教育』を施される彼女等の姿だけであり、終始、彼女等はジンに翻弄されているだけの様にも見えていたのである。エレミアが自爆した際にリネット等がどう動いていたかについては、オーガスタは全く目撃していないし、最初の建国記念日の件ではリネットらは一度魔術を放っただけで『斬り結んで』いない。

だからこう思ったのだろう。

ジン・ガランド以外は大した事が無い――と。

だが……

「…………」

「…………」

半ば没我の状態の踊り手の如く、リネットとルーシャは無表情に魔獣を駆逐していく。

実際、リネットは覚醒状態でありながらも、魔獣と戦う自分をまるで他人事の様に捉えていた。普段とは異なる五感、普段とは異なる身体感覚、それらを駆使して動いているせいか、どこか現実感が薄い。

魔獣といえども、血の通った生き物を殺している事に対して、罪悪感や嫌悪感を覚えないのもそのせいか。

――ギイッ!!

残りの魔獣が吼えながら次々と襲い掛かる。

通常、魔獣は『普通の魔術士』を攻撃する為の戦法を調教で叩き込まれている。命令者たる魔術士が傍に居ない限り、魔獣は、その『基本』に沿った攻撃をする。

魔術士が相手の場合、魔術を行使する為に必須の呪文詠唱の間に肉薄して斬り付けるという戦法を。

だが魔剣士達に通常の長い呪文詠唱は、無い。

彼女等は歩法と、そして自らの腕の振り、足の運び、果ては身体のねじり、筋肉の一つ一つの動きを以て呪文詠唱の代用とする。

彼女等が唱えるのはただ、発動の鍵になる『撃発音声』のみ。

故に、魔獣の爪が届く前に、彼女等の魔術が凶器を押し返し、あるいは魔獣を吹っ飛ばしてしまうのだ。

「すごい――」

とミラベルが眼を丸くしてそう漏らすのが、拡張された聴覚に響く。

「そんな……そんな事が……？」

一方で彼女に杖剣を突きつけたままのオーガスタが、戦きながら同様の言葉を漏らしていた。

魔剣士などと大層な呼び方をされているが、こんな小娘、恰好だけの人形に過ぎないのだと——予め用意しておいた十五頭の魔獣をけしかけてやれば、瞬く間に方が付くと考えていたのだろう。

だが現実には、瞬く間に片付けられたのは魔獣の方だった。

立て続けに十頭が瞬殺され、残り五頭に至っては、軍用兵器であるにもかかわらず、リネット等の強さを目にして、怯んだかの様に動きを鈍らせていた。

それらも更にリネットとルーシャが放った魔術に撃ち落とされ、床に落ちて二度ばかり跳ねると、そのまま骸となっていた。

そして——

「は……母上っ……」

オーガスタの脇でデイヴィッドが涙に濡れた顔で訴える。

それまで事の成り行きに理解が追い付かず、ただ呆然としていただけの彼は、しかしようやく母親の服を掴んで言った。

「母上、母上、私は皇帝になれなくたって——私は、私は」

「…………」

だから、もう止めてください。

デイヴィッドはそう言いたかったのだろう。

だが──彼のその素直さと善良さはむしろオーガスタを追い込む形となった。

「──ッ！」

息子を慈しむ表情から──一転。

正気の枯れた歪んだ表情で、オーガスタはミラベルを──その頭を掴んで、壁に押しつける。

「母上、止め──」

悲痛なデイヴィッドの声。

こんな素直で善良な我が子が、あのクリフォードを、あるいはクリフォードの『影』を追い落として皇帝になどなれる筈がない。

ここでクリフォードを、そして替え玉を殺しておかなければ、自分が皇帝に嫁いだ意味も、デイヴィッドが生まれてきた意味も、『代用品』としてのそれでしかなくなる。

無意味だ。無価値だ。

そんな事には耐えられない。

だから──

「…………レト・ミン・アル・エ・ムス・ススリ・エイ」

ぶつぶつと口の中で呪文を詠唱するオーガスタ。

護身用、という名目でありつつも、彼女の魔導機杖の中には軍が記述開発した殺傷力の高い攻撃魔術が装填されている。

そして――

「――貫け」

撃発音声にさしかかったその瞬間。

「――！」

最後の一頭にとどめをさしたリネットが、動いていた。

（あれは――）

彼女はその魔術の呪文を聞いた事があった。

暗殺者ヴァネッサ・ザウアが一度、ジンに向けて放った狙撃用魔術。

遠距離攻撃用のものではあるが、別に眼の前の相手に対して使えない訳ではない。

「――っ！」

リネットは全力で自分の左手に握っていた破魔剣〈霞斬〉を投げる。

オーガスタに突き刺そう、という意図が在った訳ではない。単に危険な魔術に破魔剣を触れさせて、これを妨害しようとしただけの事だ。

破魔剣〈霞斬〉は回転しながらオーガスタに向けて飛ぶ。

「〈氷針〉――………!?」

携帯用魔導機杖の宝珠が輝きを増し――だが次の瞬間、宝珠は光を失って鈍色に戻る。

〈霞斬〉が魔術の術式を崩壊させたのだ。

しかも……リネットが狙った事ではないが、〈霞斬〉の刃はオーガスタの手にした携帯用魔導機杖に深く食い込んでいた。

これでは――魔導機杖は使い物にならない。

「邪魔を……邪魔をしないで!?」

と泣き笑いの様な表情を浮かべてそう訴えるオーガスタ。

「どうして、どうしてそんな邪魔をするの!?　貴女達はデイヴィッドが嫌いなの!?　この子が皇帝になるのがそんなに嫌なの!?」

「………」

リネットらは答えに詰まった。

オーガスタは半ば錯乱している。

ここで何を言っても彼女は激昂するだけだろう。その論理は破綻していて、感情によって導き出された結論があるだけだ。何を言われてもオーガスタはただただ、自分の結論に無理矢理結びつけるだろう。

「オーガスタ様」

ルーシャが一同を代表して声を掛ける。

「諦めてください。貴女がクリフォード殿下を殺せる可能性はもうありません」

「…………」

オーガスタは血走った目で周囲を見回し、そして、最後に我が子に眼を向ける。デイヴィッド皇太子は、涙に濡れた顔で母を見つめ返し――そして首を振った。

「……ああ」

オーガスタが笑う。

虚ろに、笑って――〈霞斬〉を拾って。

自分の魔導機杖に刃を食い込ませたままの凶器を、束の間、見て。

その切っ先を。

「駄目っ⁉」

とミラベルが叫んだ瞬間、血がしぶく。

オーガスタは〈霞斬〉で己の喉を突いていた。

「母上っ⁉」

　デイヴィッドが悲鳴を上げ、ミラベルが飛び出す。

　ミラベルは自分の携帯型魔導機杖を引き抜くと、呪文選択子を操作、大抵の魔導機杖に基礎術式の一つとして装備されている〈治癒〉の魔術を選択した。

「オーガスタ様、死んでは、死んではなりません！」

　とミラベルは治癒の魔術を、自分を殺そうとした女に掛けようとするが――オーガスタは、己の喉を突いた〈霞斬〉を両手でがっちりと掴んだままで、離さない。

　当然〈治癒〉の魔術は破魔剣の効果に遮られて――

「ここで死ねば、貴女は――」

「ははうえええええ⁉」

　デイヴィッドが悲鳴の様な声でオーガスタを呼ぶが、自ら首を剣で貫いた皇妃は、喘ぐ様に何度か唇をふるわせた後――そのまま、動かなくなった。

「ははうえ…………っ！」

　オーガスタの身体に縋って泣くデイヴィッド。

「デイヴィッド……」

「あにうえ、あにうえ、これは、これはきっとなにかのまちがいです、まちがいなのです、ははうえは、ははうえは……やさしいははうえは、あにうえとも、なかがよくて、だから

「……」

背後から自分を抱き締めるミラベルに、デイヴィッドは涙で顔をぐしゃぐしゃにしながらそう訴える。

幼い第二皇太子の主張に、異を唱える者は――誰も居なかった。

●

次第に薄まっていく赤い霧の領域を――魔獣を繋ぎ合わせて造られた歪な『巨人』が斃すべき『敵』を探して歩き回っていた。

破城槌に等しい威力を備えたその拳は、技も何も無くただ振り回すだけで周囲を破壊する。勿論、生身の人間がこれに真正面から挑むのは正気の沙汰ではない。

だが――

「――皆殺しの時間だ」

背後から『巨人』にそう呼び掛けたのは、ジンである。

赤い霧をかき分ける様にして姿を現した彼は、右手の破魔剣〈影斬〉を刺突の型に構える。

『巨人』はその巨体に似合わぬ俊敏さで半回転。

ジンに向き合うと、その右の拳を引いて突きの体勢をとる。

言うまでもなく〈影斬〉を含めてのジンの間合いは『巨人』のそれに遠く及ばない。このままではジンはただただ『巨人』に殴り殺される――いや叩き潰されるだけだ。

ただ――

「『頭』を殺してもしばらく『身体』が動く――というのなら」

そんな言葉と共にジンが動く。

一歩、二歩、踏み込んでの刺突型。

〈影斬〉の切っ先が空を貫き――

「縫い止めて――」

次の瞬間、ジンと『巨人』の間を赤い一線が繋いでいた。

〈影斬〉から伸びた深紅の――『棘』。

それは巨大な『槍』となって斜め下から『巨人』の胸を、その内部のスカラザルン兵ごと貫いた上……先端はベニントン宮の壁に突き刺さって止まっていた。

だが未だだ。

未だ『巨人』は動く。

その拳は、何事も無かったかの様に、滑らかな動きでジンに向けて突き出され――

「まとまった動きが出来ない位に、刻んでやればいい」

――次の瞬間。

「――散れ」

『巨人』の全身から、何十本という赤い『棘』が生えていた。

その体内に潜り込んだジンの〈血刃〉が、そこから更に『枝』を生やしたのである。しかもそれらは全て、ジンの魔術を込められたもの。

ぶんっ――と虫の羽音の様な響きが辺りに広がって。

超高速震動で内側から切り刻まれた『巨人』は、『槍』が引き抜かれると同時に無数の細片に分離し、ばらばらと地面に落ちていく。

そして――

「霧が……」

ベニントン宮の壁に人形と共に張り付いていたユリシアが声を上げる。

素材になっていた〈コロモス〉の断末魔か――『巨人』は改めて大量の赤い霧を生み出しながら、肉片の小山となって、ベニントン宮の傍に堆積した。

この状態では異常を察した皇宮から増援や支援が来るのにも未だしばらくかかるかもし

れない。魔術で内情を調べる事が出来ない領域に無理矢理踏み込むのは、自殺行為だから
だが――

「さて――俺の教え子達は無事か？」

「――ジン先生！」

そこに、地下室から出てきたらしい、リネットの声が響いた。

●

――後日。

正確にはベニントン宮への襲撃から三日後。

ジンは――再び皇宮の謁見の間にて、皇帝やサマラを含めたその重臣達と顔を合わせていた。彼の傍らには相変わらず家政婦服のままのユリシアの姿も在るが――リネットら女学生や、ヴァネッサの姿は無い。

ここでの話は彼女等に聞かせて良いものではないからだ。

即ち――

「――本物のクリフォード殿下が？」

とユリシアが声を上げる。

「治療にあたっていた御典医の一人が寝返っていたみたいね」

と答えるのはサマラである。

皇帝は――以前と同様、長椅子に身を横たえたまま、無言。

だが妻と子を、一度に失ったが故の憔悴が、その顔には顕れていた。

「『改造』ではなかったので、こちらとしても調べきれなかった。正確には御典医の家族が『改造』されて脅されていたみたい――騎士団員と同じやり口ね」

最初にクリフォードらを襲った騎士団員達も、本人が受令器を埋め込まれていたのではなく、その妻や子、あるいは親が『改造』され、脅迫を受けていたらしい。

この辺りはリネットらがオーガスタから聞いた話と概ね合致する。

いずれにせよ……クリフォード第一皇太子は死んだ。

御典医によって治療中に毒を盛られて。

遅効性の毒だったようで、他の御典医が異常に気付いた際にはもう手の施し様が無かったそうだ。

ミラベルがオストガル伯爵の娘や従者に襲われていた時と、ほぼ同じ頃にもうクリフォードの死は決定していたという事である。

「騎士団長は責任をとって引退したわ」

とサマラは肩を竦めて言った。

「別にあの者の責任とも言い切れないでしょう」

とジンは言うが、サマラによると、ジンに敗れた事に加えて、御典医を含めた皇室周辺の者の身元調査も近衛騎士団の領分であった為、これ以上は近衛騎士そのものを続けていく自信が無くなったのだとか。

ちなみに近衛騎士団の団長には、身元調査の終わった若手がすぐに就任し、改めて団の再編に注力しているという。

「……諸君らは仕事を果たしてくれた」

皇帝が溜息をつく様な声で告げてくる。

「ガランド侯、卿も、卿の教え子——魔剣士はその実力を遺憾なく発揮した。素晴らしい。そう思うが結局、オーガスタの『企み』は最終的に阻止する事が出来なかった……」

その口調には色濃い疲労が滲んでいる。

皇帝としてというより一人の夫、一人の父として、彼はただただ嘆いているのだろう。

あるいは一連の出来事の原因を知って、己の皇帝という立場、皇族としての血統について、嘆く様な気持ちもあるのかもしれない。

ジンに言わせれば、本当に何もかもが今更の話だが。

「……どうなさるおつもりです?」

とジンが尋ねる。

クリフォード第一皇太子は死に、そしてその暗殺計画の主犯であるオーガスタも死に、協力者かつ実行者であったスカラザルン兵も二人ばかりが死んだ。

もう事件としては終わっているに等しいが、後始末はこれからだろう。

(……あの仮面のスカラザルン兵は見つからなかったがな)

ふとそんな事を考えるジン。

(姉上と同じ手に痣のある——あのスカラザルン兵は)

偶然の一致なのか。それともあれは——行方不明だったミオ・ガランドなのか。その確認は出来ていない。

「……仕方ないの」

とサマラが再び皇帝の言葉の後を継いだ。

「ミラベル様には悪いけれど、彼女にはクリフォード殿下に『成って』もらうしかないわね」

「………………」

それは『虚』が『実』に――『影』が『本物』になるという事か。

だがそこにミラベル個人の意志は無い。

ミラベルも恐らく喜びはすまい。

そうジンは思ったが――

「でもずっと、という訳にもいかない」

とサマラは首を振った。

「彼女は――双子とはいえ、女性だから」

「……アレが皇家の血統を継ぐ為には、夫を得て子を成す必要が在るが、まさか孕んだ状態で政務にクリフォードとして出る訳にもいくまいよ」

「……血統」

呟くジン。

彼の横顔をちらりとユリシアが一瞥する。

結局のところ、ガランド家も、皇家も、その『血』に呪縛され続けているとも言える。

己の血を継いだ子孫を残そう、その子孫に己の築き上げたものを残そうとするのは、本能にも近い基本的な欲求だ。

だからこそ、その是非を他人がどうこう言えた義理では無いが――

(強引に血を残そうとすれば、その結果として『己』を殺される者が出てくる。他人が帳尻を合わせる事だってある)

思ったように生きられない。

他人の思惑に人生をねじ曲げられる。

ジンも。ユリシアも。リネットも。

そして恐らくはオーガスタも、クリフォードも、ミラベルも、デイヴィッドですらも。

「最終的には第二皇太子が皇位を継ぐことになるだろう。それまでの『繋ぎ』として、公の場にはクリフォードとしてミラベルには振る舞って貰う必要がある……」

皇妃がスカラザルンと内通し、挙げ句に第一皇太子の暗殺に関与したなどという醜聞を公にする訳にはいかない。そんな事が表沙汰になれば、それこそ国民の皇室への崇敬と信任が揺らぐ。

そうなればスカラザルン帝国の思う壺、結果として、皇国の政治体制が不安定になれば――経済状態の、治安状態の悪化から、事故、自殺、その他諸々の増加に繋がり、それだけで死者が出る。

だからこれは仕方の無い事――なのだろう。

ただ――

「――結局」

ジンは短い溜息をついて言った。

「オーガスタ妃は己の本懐を遂げたという事ではあるのか……」

その言葉と共に……謁見の間には、しばし、重苦しい沈黙が落ちた。

●

戻ってきた教室は以前と変わらぬ雑然とした空気に包まれていた。

「……なんだか夢みたい」

教壇で杖剣術の――魔剣術ではなく――術理を図にして解説しているジンを眺めながらふとリネットはそんな事を呟いた。

勿論それはあのベニントン宮で過ごした二週間余りの事なのだが、リネットの隣の席に座っているルーシャは、眼をジンの方に向けたまま、溜息交じりに言った。

「夢は夢でも悪い夢だったけれどね」

「うん……そうだね」

とリネットは曖昧に笑う。

彼女にとって本当の悪夢というのは、むしろジンと出会うまでの人生であった訳だが、養親からの虐待や、奴隷商人に売られた事といった、悲惨な諸々をルーシャは知らない。

リネットも教えようとは思わない。

知って何がどうなるものでもないのだから。

ただ――

（ジン先生は――ジン様は、平然としてる……ユリシアさんも……）

あまりこれまで深く考えてはこなかったが、ジンが生きてきた『暗殺者の世界』では、別に珍しくも何ともない話なのだろう。

個人が個人を殺す依頼をする。

そこには様々な事情があって――最早相手を『殺して退ける』という方法しか採れない位に、追い詰められた人間の情念の滾りが在る筈なのだ。

だからジンにとっては今回の事件も、数ある仕事の一つでしかないのだろう。

彼の傍にずっと付き従ってきたユリシアにとっても。

（私は……あんな風に……誰かを愛したり憎んだり……私に出来るんだろうか……）

改めて思い出すのはオーガスタ妃の事だ。

彼女は『病死』と発表された。

さすがに第二皇妃が第一皇太子の暗殺を企んだなどという事を世間に公表は出来ない。

リネットらについては皇室から、厳重に『一切、口外無用』の命令がくだされた。

同時に、ベニントン宮での魔獣襲撃の一件の際には、既に毒殺されていたというクリフォード第一皇太子については……昨日、『政務復帰』の公告がヴァルデマル皇国全体に成された。

勿論、ミラベルが演じての事なのだが。

（ミラベル様も――）

自分達とさして年齢の変わらない少女が、自分の本名を封じ、性別を隠し、気持ちを殺して、他人を演じ続ける。

それは一体、どんな苦行だろうか。

ジンによればデイヴィッド第二皇太子が即位出来る年齢になるまでの数年間という期間限定であるらしいが、ベニントン宮の地下で叫んだ彼女の言葉を覚えているリネットにしてみれば、ミラベルが気の毒で仕方が無かった。

――「私は『影』じゃない！」

あれは明るく鷹揚な性格のミラベルが、ずっと押し殺してきた本音ではなかったか。

だが……

「……私達もいつか」

ふとルーシャが物憂げな口調で呟く。

「オーガスタ様みたいに、誰かの子供を産んで、その子の為なら、誰かを殺す事も厭わない母親になるのかしらね」

「………………」

あれを『母の愛』と言って良いのだろうか。

オーガスタ妃がデイヴィッドを愛していたのは間違いないだろう。愛しているからクリフォードを殺しにかかったのもその通りだろう。

だがそれだけだったか。

第二皇妃。誰かの代わり。誰かの——予備。

オーガスタ妃自身が、第一皇妃の『予備』の様な生き方を強いられて、その事への不満や怨念が彼女をあんな凶行に走らせたのではないか。

人間は誰しもかけがえの無いたった一人である。

そう考えるのが理想ではあるが、その理想に従って生きられる人間は少ないし、社会が、世界が、それを許してもくれない。

だから——

「——ちょっと、ごめんなさいね」

唐突に教室の扉を開いて、顔を見せたのは——保健教諭のヴァネッサ・ザウアだった。

ジンと共に暗殺者としてスカラザルン帝国の潜入部隊に攻撃を仕掛けに行った際、怪我を負ったらしく、彼女は三角巾で左手を吊っている。勿論、学院側には『転んで脱臼した』と説明している様だったが。

「ザウア先生？」

と教壇の上のジンが眉をひそめてヴァネッサの方を見る。

「一体何を？」

「ごめんなさい、急な話で——転校生を紹介しなさいと」

そう言って、ヴァネッサが教室の入り口の脇に退くと、ウェブリン女学院の制服に身を包んだ一人の少女が姿を現した。

途端——

「——っ!?」

思わずリネットは叫び声を漏らしそうになって、自分の口を両手で押さえる。見れば隣のルーシャも眼を丸くして固まっていた。

「――ミラベル・アルタモンドです」

教壇に上がって一礼するのは、あろう事か……自己紹介の通りミラベルだった。

勿論、クリフォードの『変装』をしている時と異なり、その赤い髪(かみ)は短めに整えられ、代わりに付け毛(ウィッグ)らしきものをリボンと共に後頭部に付けている。

先にミラベルと名乗られなければ、リネットも気付かなかったかもしれない――それ程(ほど)に印象が変わっていた。

「転校生？」

さすがにジンも驚(おどろ)いたのか、眼を細めてそう尋ねるが、ミラベルは臆(おく)した様子も無く朗(ほが)らかに笑って頷いた。

「少々身体が弱く、何年か田舎(いなか)で療養(りょうよう)していたのです。ですから皆(みな)さんよりは少し年上ですが――ほぼ病も治ったので、復学をと」

「………」

どこかで聞いたような話だが――だからこそジンからも突っ込めないのだろう。彼はしばらく何か考えていた様だったが、短く溜息をつくと、教室の隅(すみ)、窓際最後尾(まどぎわさいこうび)の席を指さした。

「いいでしょう。細かい話はまた後ほど、とりあえずはあの隅の席しか空いていませんから、あそこへ」

「はい。ありがとうございます」

ぺこりと一礼してジンの指さした席に――リネットの隣、ルーシャとは反対側の席に、歩いてくるミラベル。

「………………」

「……よろしくね」

とミラベルは呆然としているリネットにそう微笑んでくる。

「ど、どういう事ですか……？　ミラベル……アルタモンド？」

リネット越しに身を乗り出しながらも、ぼそぼそと、抑えた声で尋ねるのはルーシャだ。

ミラベルは笑顔を維持したまま、わずかに首を傾げて言った。

「アルタモンドっていうのは元々私を育ててくれていた養親の姓なの」

「い、いいえ、そのような話ではなく――」

「……ミラベルとして」

ふと遠い目をしてミラベルは言った。

「私は、自分の身を自分で守れるようになろうと思ったのよ。それに弟の身もね。あんな

事があったけど、彼が私の可愛い弟である事には違いは無いのだし」

「…………それは」

「ええ。リネット・ガランド。貴女を見習ってね」

とミラベルは柔らかな――慈しむ様な笑みを見せた。

ミラベルに『守る』と――『クリフォード殿下』をではなく、ミラベルという個人を命懸けで『守る』と告げたのはリネットだ。

その為に強くあらねばならないという、決意を示して見せたのも。

殊更にミラベルに伝えたかった訳でもないが、彼女は彼女でリネットのそんな意志をちゃんと見て取ってくれていたのだろう。

「勿論、双子の弟の『身代わり』としてではなく、ミラベルとしての決断よ。私はいつか『影』である事を止めるから、その時までの、期間限定――その代わりに、多少の我が侭は聴いて貰えることになった」

と屈託の無い口調で気易くそう説明するミラベル。

その様子を見ながら――

（つ……強いです……）

身体のではなく精神の強さ。

あるいはこれこそが皇帝の血統の特質なのかもしれない。さもなくば過去にも何度もあったであろう皇位継承争いで関係者全員が疲弊しきってしまったであろうし。

ともあれ――

「リネットも、ルーシャも、よろしくね」

と言ってから。

ミラベルは首を傾げて――

「あ、それからあのヴァネッサって保健教諭の人、ここに案内してくれる途中で、自分でジン先生の婚約者だとか言ってたけど、出鱈目よね？」

「出鱈目です！」

とリネットとルーシャは声を揃えて叫んで。

「…………」

ジンのものも含め教室中の視線が自分達に集中するのに気付いて二人は身を縮こめた。

「授業中ですよ、リネット・ガランド、そしてルーシャ・ミニエン」

「すみません……」

と項垂れるリネット達。

そんな二人を見て、ミラベルは朗らかにまた笑い――

「…………」

教壇の上でジンが長い溜息をつくのが、見えた。

あとがき

どうも、文筆屋の榊一郎です。

最近は一年の半分以上をシナリオやら漫画原作仕事の方に費やしているのでもはや、『軽小説屋』と名乗れなくなりつつあるなあとしみじみ。

ラノベの仕事もこの『絶対魔剣』も含めてちょろちょろしてるんですが、どうも昔と比べて出版までのスケジュールがやたら長くなってきたので（新作となると一年先、二年先の企画をこねくり回す事が珍しくないので、迂闊に予定にぶち込めない）、先が読めないのが実情でしてね。

で、空いた時間に出来るかなと、つい、いただけるお仕事はえり好みせずにしていたら、いつのまにかジョブチェンジしているような、していないような。

いやそれはさておき。

『絶対魔剣～』二巻でございます。

昨今、一巻打ち切りも珍しくない中では二巻目が出るのは喜ばしい限り。

しかもコミカライズも決まりまして。

スクウェア・エニックスさんのマンガアプリ「マンガＵＰ！」にて、山内了兵先生によるコミカライズ企画進行中であります。開始時期などはまだ未定ですが、続報をお楽しみにしていただければ。

コミカライズとなると、小説では絵になっていないキャラのデザインまであがってきたりしてテンションあがりますね。いや、特に学院長とか、小説ではまず挿絵にならんでしょうから、デザインあがってくると、「おお、上品な老婦人！」と喜んでたり。

まあ漫画としての作劇、作画の関係上、一部設定が小説と変わってくるかもしれませんが（特にジンの武器回り）その辺は漫画としてのクオリティを上げる為の『仕様変更』って事で、どうかひとつ。

さて小説本編の方でありますが。

『最強の暗殺貴族』なんて肩書（？）である筈の主人公・ジンですが、今回は暗殺してないというか、むしろ暗殺者を阻止するシークレットサービス側であります。


特にこだわってる訳でもないのですが、割と私、ファンタジー書いていて王族皇族書く場合が多くて、今回もゲスト（？）ヒロインは姫君、皇女様であります。

ただし双子の弟のせいで、その存在を表から抹消されたという悲劇（？）の皇女様。

そうだ、いっそ廃位皇女と呼びましょうか。なんだか激しく既視感ありますけども。

皇族を赤毛基本にしたのは、赤毛にこだわりがあるのではなくて、単に黒髪のジン、金髪のリネット、銀髪のルーシャ、ユリシアの亜麻色と来て、差別化の為ですが。

割と『貴族王族』って金髪碧眼がデフォっぽいイメージがあるので、ちょっと目新しいかなあと密かに思っていたり。

相変わらず朝日川先生には清潔感のある美しいキャラデザを上げていただき感謝です。

特に今回は赤毛の兄弟姉妹が三人って事で、非常にデザインの上での差別化が面倒くさかったのではないかと……


ともあれ。

ジンはなんだかんだで、リネットをきっかけに、色々と表舞台に出ていくことになる訳で、思わせぶりな仮面のスカラザルン七賢者の内の一人なども絡めて、今後もいろいろドタバタさせられればいいなあと考えております。

三巻以降が続くかどうかは未定ですが、どうか読者の皆様におかれましては、御支持のほどを。

２０２２／０８／０８　　榊一郎

HJ文庫 https://firecross.jp/
1029

絶対魔剣の双戦舞曲(デュエリスト) 2 ～暗殺貴族が奴隷令嬢を育成したら、魔術殺しの究極魔剣士に育ってしまったんだが～

2022年9月1日　初版発行

著者――榊 一郎

発行者―松下大介
発行所―株式会社ホビージャパン

〒151-0053
東京都渋谷区代々木2-15-8
電話　03(5304)7604（編集）
　　　03(5304)9112（営業）

印刷所――大日本印刷株式会社

装丁――小沼早苗（Gibbon）／株式会社エストール

Printed in Japan

ISBN978-4-7986-2917-9　C0193

夫婦で無敵な異世界転生×新婚ファンタジー!!

英雄と賢者の転生婚

～かつての好敵手と婚約して最強夫婦になりました～

著者／藤木わしろ　イラスト／へいろー

英雄と呼ばれた青年レイドと賢者と呼ばれた美少女エルリア。敵対国の好敵手であった二人は、どちらが最強か決着がつかぬまま千年後に転生！ そこで魔法至上主義な世界なのに魔法が使えないハンデを背負うレイドだったが、彼に好意を寄せるエルリアが突如、結婚を申し出て――!?

シリーズ既刊好評発売中

英雄と賢者の転生婚 1

最新巻　英雄と賢者の転生婚 2

HJ文庫毎月1日発売　発行：株式会社ホビージャパン